よろずを引くもの

西條奈加

JN154265

高校生の滝本望は、お蔦さんの愛称でご近所に親しまれる祖母と、神楽坂で暮らしている。その神楽坂では、近頃万引きが多発しているのだという。商店街全体で警戒していたのだが、和菓子店の主人が逃げる犯人に突き飛ばされて怪我を負ってしまった！　正義感に駆られる望と友人の洋平は、似顔絵を描いて万引き犯を捕まえようと思い立つのだが……。商店街を騒がせたできごとを描く表題作をはじめ、失踪した商店街のアイドル猫・ハイドンを探す「孤高の猫」など、全七編を収録。粋と人情、そして美味しい手料理が味わえる大好評シリーズ第四弾！

よろずを引くもの

お蔦さんの神楽坂日記

西　條　奈　加

創元推理文庫

THE CASE-BOOK OF MY GRANDMOTHER IV

by

Saijo Naka

2022

目次

よろずを引くもの

お蔦さんの神楽坂日記

よろずを引くもの

オーブンから、鶏肉《とりにく》のいい匂いがただよってきた。

ガラスの蓋《ふた》越しに蕪《かぶ》の鍋を覗《のぞ》いてから、豆腐《とうふ》を掌《てのひら》に載せる。賽《さい》の目《め》に切っていた途中で、玄関のピンポンが鳴った。

「洋平《ようへい》、ちょっと出て！　いま手が離せなくてさ」

おう、とすぐに声が返り、居間から玄関へと足音が響く。壁に向かって台所のガス台に張りついているので、僕には見えない。

「なんだ、ヨシボン刑事じゃん。なんか久しぶりー。さ、遠慮なく入って入って」

「いや、お邪魔するつもりはないんだ。これをお蔦《つた》さんに、渡してもらえれば」

自分の家のようにふるまう洋平と、控えめな刑事さんの声が交互に廊下を伝ってくる。豆腐を鍋に投入し終えると、台所から廊下に顔を出し、声をかけた。

「お蔦さん、いまいないんです。上がって待っててください」

「そうか、お蔦さん、いないのか」

露骨にほっとした顔になる。いつも祖母にやり込められているだけに、気持ちはわかる。

「まあまあ、お茶でも。あ、どうせなら、一緒に晩飯どう？　ちょうどこれからなんだ。いいよな、望《のぞむ》？」

「洋平の食べる分を減らせば、何とかなると思う」

「いやいや、いきなり来て、そんな迷惑はかけられないよ。僕はすぐに……」

とたんに大きな、腹の音が響き渡った。若い刑事さんが、耳まで赤くする。

「ごめん……肉の香ばしい匂いで、腹が反応しちゃって……」

「腹へってるなら、食べていきなよ。おれのぶん分けてやるからさ」

「うん、良かったらぜひ。今日はたいして凝ったメニューじゃないけどね」

僕らが勧めると、ひとまず台所の大きなテーブルに腰を下ろす。洋平が、あたりまえのように冷蔵庫を開けてオーダーをとる。

「冷たいものでいいよね？　麦茶はちょうど切らしててさ、緑茶しかないんだ。おススメは炭酸。レモンと桃は望ので、おれ用のコーラもある。あとはアイスコーヒーだな」

「大人なら、ここはビールじゃない？」

実に正直に、ごっくりと喉《のど》が鳴る。

九月の初旬、残暑が厳しいだけに、からだが欲しているんだろう。

「洋平、ビールだって」

「いや！　アイスコーヒーで！　家主のいない間に先に呑《の》むなんて、お蔦さんに知れたらどんな嫌味を吐かれるか」

「かったいなあ、警察官は」

ぼやきながら洋平が、コップに注いだアイスコーヒーをテーブルに置く。ちゃんとガムシロップとミルクを添えるあたりが洋平らしい。百八十センチとからだがでかい割に、案外細やかな性格なのだ。

ヨシボンこと真淵《まぶち》刑事は、洋平より七、八センチ低いくらいか。百六十センチ台前半の僕には、それでも十分うらやましい。真淵さんはガムシロは断って、ミルクだけを使った。

「で、お蔦さんに用事って、何ですか？」

アイスコーヒーを半分ほど飲んで、真淵さんがひと心地ついたところでたずねた。

「うん、これをね、頼みにきたんだ」

やや厚みのある茶封筒から、Ａ４の紙を一枚抜き出す。

「なんだ、これ？　アンケート？」

「警察からのアンケートって……ああ、万引きの調査か」

「配布と回収は、町内会の顔役に頼んだんだ。本多横丁《ほんだよこちょう》は、多喜本《たきもと》履物店にお願いしてね。もちろん、お蔦さんの了解済みだ。木下《きのした》薬局にも別口から届くはずだよ」

僕の家は、草履や下駄などの和装の履物をあつかう多喜本履物店。洋平の家は、走って一分の場所にある木下薬局。うちは本多横丁で、木下薬局は表通りにあるけど、ともに神楽坂《かぐらざか》商店街の中にある。

真淵刑事は神楽坂警察署、生活安全課の所属で、家はやはり同じ商店街にある真淵写真館だ。真淵家の男性には何故《なぜ》か代々ボンがつき、おじいさんのマツボンから始まって、お兄さんはユキボン、次男の真淵さんはヨシボンと呼ばれている。

呼び名のせいか、ちょっと頼りなさそうにも見えるけど、イケメンの部類に入るルックスだし、いたって真面目《まじめ》な警察官だ。

「このところ、万引き被害が多発していてね。地域課もパトロールを増やすことにしたけれど、それも限界がある。町内会からも要請があってね、店ごとの被害総額や防犯設備の設置状況をとりまとめて、対策を立てることにしたんだ」

多喜本履物店《うちはきものてん》は和装限定だけに、客の需要も限られる。被害はさほど多くはないけど、誰でも使えて値段も手頃な商品をあつかう店は、ずっと切実なようだ。

「うちなんて、下手《へた》したら売上の一割くらいはやられてるかも。在庫と実数が合わないなんて、しょっちゅうでさ。おふくろがなげくなげく」

「ドラッグストアは、本屋やスーパーと並んで、被害が甚大だからね」

洋平の訴えを、真淵さんは真面目に受ける。

「あれ、つけたら？　ほら、入口に置く衝立《ついたて》みたいなやつ」

「防犯ゲートだろ。導入は検討したんだけどさ、うちは面積が足りないみたいで。ある程度の広さがないと、誤作動が多いらしいんだ」

「陳列した商品のタグとゲートが近いと、反応してしまうからね」

最近増えてきた万引き防止のシステムは、商品にバーコードの入ったタグをとりつけて、会計をせずに抜けようとすると、衝立に似たゲートで引っ掛かるシステムだ。ただ、木下薬局のように狭い店内だと、タグとゲートの距離が近過ぎて導入が難しいのだと、真淵さんが説明してくれる。

「防犯カメラを増やすのは？」

「一定の効果はあると思うよ。特に抑止の面でね。カメラがあれば、それだけ相手も警戒するからね」

「犯行が映っていれば、逮捕もできるんだろ？」と、洋平が口を尖らせる。

「できるけど、万引きの後日逮捕には、カメラ映像や目撃情報に加えて、証拠品が必要になる。仮に犯人が、木下薬局から風邪薬を盗んだとして、犯人宅から同じ薬が出てきたとしても、別の店で買ったと言われたら証明のしようがない」

「薬の箱に、うちの家族の指紋が残ってるかもしれないし」

「照合するには、洋平くんの家族の指紋を採取する必要があるし、起訴までに何度か警察に通うことになる。風邪薬ひとつでね」

「要は、手間やかかる時間と、被害額が見合わないってことか」

呟いた僕に、真淵さんはすまなそうにうなずいた。

「残念ながら、そういうことだ。万引きは原則、現行犯逮捕と言われるのは、そういうわけでね」

薬局や本屋なら、犯人が盗品を保管している可能性もあるけれど、スーパーやコンビニなど、食料品の場合はさらに望み薄だ。

カメラに映った犯人を特定するだけでも、人手と時間がかかる。家宅捜索して証拠を上げて、白を切り通す犯人から事情聴取して、警察の負担も相当なものだ。真淵さんは口にしないけど、警察としても万引犯まで手がまわらないというのが本音かもしれない。

「あとは、万引きGメンを雇うとか？」

「雇うとなると、給与が発生するからね。個人の店では負担になるだろうね」

「おれのバイト代さえ出ないんだぜ。うちじゃあ絶対無理だ」

僕の出した案は、ことごとく却下された。いまさらながら、難しいなとため息が出た。身近な犯罪だからこそ、防ぐのが難しい。万引きなんて、いまどきは小学生からお年寄りまで年齢層も幅広い上に、たぶん、赤信号を渡る程度のやましさで、罪の意識もたいしてないんだろう。そう考えると、にわかに腹が立ってきた。

「ほんっと、あったま来るよな！　こっちは精一杯値引きして数を捌《さば》いて儲《もう》けを出そうとしてるってのに、そういう営業努力が無駄になるんだぜ」

「万引きのせいで、潰れた本屋さんの話もあったろ？　同じ客商売なだけに、ああいうのきくと、こっちの胸が潰れそうになる」

「薬を買う金もないってんなら、まだ話はわかるよ。でも大方は、スリルを求めてとかストレス発散だろ？　あれ、マジで腹立つ。ストレスなら、おれだって負けてねえよ。高校生のストレス、なめんなよ」

「要は店の人のいる前で、堂々と盗みを働く泥棒ってことだし。留守を狙う空《あ》き巣の方が、まだ可愛いかも。万引きに対する罪が、軽すぎるんだよ、きっと。だから反省しないんだ。警察で法律変えてほしいよね」

「いや、警察は、立法機関じゃないから」

正義に燃える僕と洋平に、真淵さんは冷静な合いの手を入れる。

「それにしても、君たちは相変わらず仲いいね。何かホッとするよ」

「赤ん坊の頃からの腐れ縁ですから、あきらめてます」

「お互い、男兄弟がいないしな。望はひとりっ子だし、おれは姉ちゃんだけだし」

「そういえば、月《つき》ちゃんは大学に戻ったの？」

「うん、夏休みの最終日にな。ていっても、夏休み中はほとんどバイトしてたけどな。東京《こっち》の方が時給いいし、勉強が大変で、学期が始まると暇がないらしい」

洋平には、五歳上のお姉さんがいる。月咲と書いてツカサと読むが、僕らは月ちゃんと呼んでいた。いまは富山県にある大学の三年生で、薬学を専攻している。

「いま三年なら、就活は……あ、そっか、もっと長いんだっけ?」

「薬剤師になるには、六年もかかるんだってさ。大変だよなあ」

まるで他人事《ひとごと》みたいな洋平に、真淵さんが苦笑する。

「薬剤師は、国家試験だからね。お姉さんが資格をとったら、木下薬局も安泰だね」

「いや、当分そのつもりはないみたいっす。親が元気なうちは、製薬会社でバンバン稼ぐって」

「たくましいね」

「月ちゃんがいてくれて、ホントに良かったよね。勉強嫌いの洋平じゃ、薬剤師なんて絶対無理だし」

「おれの馬鹿は親父譲りだからな、おふくろもあきらめてんだ。親父のことは早々に見切りをつけて、薬剤師の嫁をもらったと、じいちゃんが言ってたくらいだからな」

「つまり、女性が家業を継ぐ血筋なんだね、木下家は」

「そうなんす!」

「いや、自慢にならないから」

「そういう滝本《たきもと》家だって、女性上位は同じだろ」

「うちの場合は、お蔦さん限定だから」

店は字を変えて多喜本だけど、祖母の名は、滝本津多代《つたよ》という。

家族も含めて「お蔦さん」と呼ばれているのは、昔の芸名に由来する。もと神楽坂の芸者で、当時の名が「蔦代《つたよ》」。たいそうな売れっ子だったとかで、スカウトされて映画にも出ていた。

で、僕はといえば、父の転勤で両親は現在、札幌《さっぽろ》在住。ひとりでこっちに残ったのは、中高一貫校に入学したという理由もあるけれど、もうひとつ大事な役目がある。

「滝本家は代々、男が料理をする家系だろ。それって、女性上位ってことじゃん」

「その発言はいただけないな、洋平。料理や台所を、一段低く見てるだろ。うちに限っては、台所は男の聖域なんだぞ」

紺のエプロン姿で、堂々と主張する。僕の曾祖父から始まって、三年前に亡くなった祖父、そして父と、我が家では常に男が料理の一切を担《にな》ってきて、僕で四代目になる。

この家風が定着したのには、創始者たる曾祖父の功績ももちろん大きい。無類の食べ好きが高じて、自らも料理にのめり込んだ、いわば道楽者だ。曾祖父の残したレシピをめくればよくわかる。そこには高級食材がずらりと並び、料亭や鮨《すし》屋の板長、レストランのシェフを家に招いて教わったという料理のコツがちりばめられていて、何ともまぶしい。

曾祖父は料理に加えてお座敷道楽も派手な人で、店は一時、潰れる寸前まで追い込まれたが、祖父の頑張りでどうにかもち直した。祖父の一啓《かずたか》は、いちばん大変な時期を乗り越えただけあって、レシピにはつましいながらも実用的な家庭の献立《こんだて》が並んでいて、僕もたびたび参考にしている。

ただ、四代も連綿と続くには、決定的な要素があった。それがお蔦さんだ。

僕の祖母はまったく、とことん、壊滅的に料理ができない。芸事一筋の人だけに、ご飯の炊き方すら知らずに嫁に来た。それでいて、お座敷と芸能界で育ったもんで舌はうんと肥えていて、口に合わないと箸《はし》もつけない。

お蔦さんというスパイスが入ったことで、「男子厨房ニ入ルベシ」は確立した。祖母を満足させるために、お父さんと僕も、料理の腕を上げざるを得なかったからだ。

父の転勤話がもち上がったのは、祖父が亡くなって三ヵ月後だった。祖父も父もいなくなっては、この家の台所が危ない。ピンチヒッターとして据えられたのが僕、滝本望というわけだ。

「今日のメニューは、何?」と、真淵さんがたずねる。

「和風だけど、肉多めかな」

メインの鶏肉に、副菜の茄子《なす》のあんかけにも豚挽《ひ》き肉を使っている。そのぶん汁はすましでさっぱりさせて、梅と塩昆布《しおこんぶ》で和《あ》えたオクラも添える。

「いいね、和食。何か三十歳を境に、最近は和食党になってきた」

「そういえば、真淵さん、今年三十代に突入したんだよね？」

「そろそろ適齢期じゃん。彼女さんは？」

僕に続いて、洋平がさらに突っ込む。

「いまはいないよ。たまにつき合っても、半年もたなくてさ」

「うお、意外にもプレイボーイ」

「そうじゃなく、この仕事って事件のたびに呼び出しがかかるだろ。デートのすっぽかしが重なって、毎度、愛想をつかされるんだ」

なるほど、とふたりそろって納得する。

「きっと探せばどっかにいるって。寛容で仕事に理解があって、優しくて料理が上手《うま》い人」

「現代じゃファンタジーだよ、洋平。もっと現実的に考えないと。あ、そうだ！　近場で探せば？　同じ警察官なら理解もあるだろうし」

「いや、同じ職業はちょっと……せめて家では仕事を忘れたい」

「だったら、別の近場は？　この神楽坂で探せばいいよ」

「ヨシボン刑事と歳の近い人って、誰だっけ？　鈴木《すずき》フラワーの央子《おうこ》さんとか、どうだ？」

一瞬、短い沈黙が落ちて、にわかに真淵さんが慌て出す。

「ない！　ないないない！　彼女はないから、絶対！」

微妙な間のあきようと慌てようは、明らかにおかしい。何かあるなと察したが、可哀想だからそれ以上の追及はやめにした。僕も洋平も、繊細な男心は理解している。

「そういえば、お蔦さん、遅いね。どこに行ったのかな？　店仕舞いの頃合を、見計らって来たつもりだったんだけど」

不器用な話の切り替えにも、さりげなくつき合う。

「店を閉めてすぐだから、真淵さんが来る十分くらい前かな。『伊万里《いまり》』から電話があって、出掛けました。すぐ戻るって話だったのに、たしかに遅いかも」

と、そこでタイミングよく電話が鳴って、洋平が素早く立ち上がる。廊下にある電話の受話器をとって、「はい、多喜本履物店」と応答も手慣れたものだ。

「なんだ、お蔦さんか。え、遅くなる？　わかった、望に言っとく」

洋平の簡潔な返事では、理由まではわからなかったが、続いて携帯の着信音が鳴った。僕らではなく、真淵さんの携帯だ。スーツの尻ポケットから出し、画面で発信者を確認すると、にわかに顔が引き締まる。

「はい、真淵」しばし電話の声に耳を傾け、「わかりました、すぐに向かいます」

短くこたえ、携帯を収めた姿に、洋平が感嘆の声をあげる。

「かっけー！　本物の刑事みたい」

「一応、本物だよ」

「何か、あったんですか？」

真淵刑事にたずねたのは、興味本位じゃない。胸騒ぎがしたからだ。

「また、万引き事件だ。ただし、今回は怪我人《けがにん》が出てね」

「もしかして、神楽坂商店街で？」

事件の内容を一般人に、しかも高校生に話すなんてご法度《はっと》だ。少しためらう素振《そぶ》りを見せたが、真淵さんは話してくれた。

「どうせお蔦さんから知らされるだろうしね。万引き被害に遭ったのは、菓子舗伊万里だ」

「じゃあ、怪我をしたのは……？」

「伊万里のご主人、おじいさんだよ」


この神楽坂商店街には、若かりし頃に銀幕スターだった祖母のファンがいて、ファンクラブを結成している。伊万里のご主人は、ファンクラブの会長だった。ちなみに「銀幕スター」という時代がかった言葉も、伊万里のおじいさんから教わった。

つるりと禿《は》げた頭に丸顔が福々しい。穏やかなおじいちゃんで、僕も洋平も馴染《なじ》んでいる。

一緒に伊万里に駆けつけようとしたが、真淵さんに止められた。

「怪我をしたご主人は、タクシーで病院に向かったそうだ。ご家族につき添って、お蔦さんも同行したそうだよ」

いま行っても、ご主人も祖母もいない。これから警察の事情聴取があるから、邪魔になりかねないと諭《さと》された。

「僕も残念だよ。望くんの料理は、また今度」

真淵さんが出ていくと、急に心許ない気分になった。肉からしたたる油がジュワジュワと景気よく音を立てる、鶏のもも焼きをオーブンから出した時ですら、洋平は歓声の代わりにため息をついた。

「怪我、大丈夫かな……足かな、腰かな?」

「お年寄りって、軽い怪我がもとで寝ついたりするってきくし」

「歩けなくなって、惚《ぼ》けちゃって、そのまま……なんてことも」

「嫌な想像するなよ、洋平」

「だってさあ!」

しかし食べ盛りの男子高校生は、本気で心配していても腹はへる。

山椒《さんしょう》を利《き》かせて甘さ控えめにした、照り焼き風味の骨つき鶏もも肉にかぶりつき、茄子の挽き肉あんかけを平らげ、豆腐とシメジのすまし汁を飲み干す。

それでも、いつもご飯三杯があたりまえの洋平は二杯で切り上げ、僕も後片付けをする気が起きず食卓から動けない。女子ならおしゃべりで気を紛《まぎ》らわすところだろうが、男同士だとゲームで暇を潰すことになる。

携帯で同じオンラインゲームを始めたが、共闘する気も起きず、黙々とレベル上げに没頭する。洋平は帰ると言わず、僕も勧めなかった。こういう時、ひとりで待つのはちょっとしんどい。洋平は他人の気持ちに敏感で、兄弟同然の僕にはなおさらだ。何も言わなくても、黙って傍《そば》にいてくれる。

食事を終えて一時間くらいか、玄関の鍵を開ける音がした。

「お蔦さん、帰ってきた！」

洋平と先を争うようにして、ドタドタと廊下を走る。外からドアが開き、立っていたのは祖母ではなかった。

「なんだ、奉介《ほうすけ》おじさんか……」

ひょろりとした頼りない風情に、ボサボサの髪と無精髭《ぶしょうひげ》。不審人物にしか見えないらしく、警官に職質されることも少なくない。

名前は乾原《かんばら》奉介。歳は僕の父よりも下だけど、続柄は祖父の末弟になる。長らく海外にいたが、去年の暮れから我が家の同居人になった。狭い玄関ホールを塞ぐ僕らの姿にちょっとびっくりする。

「ふたりそろって、何事？」

伊万里での騒ぎを洋平が語り、僕はテーブルを片付けて、おじさんの食事を整える。

「そうかあ、伊万里のおじいさんが……それは心配だね」

「だろ？　詳しい話をきかないと、おれも安眠できないし」

「それでお蔦さんを待っていたんだね。がっかりさせて悪かったね」

「おじさんの間の悪さは、いつものことだしね」

僕の軽い悪態にも、ははは、と笑うだけで、薄いナイロンのパーカーを脱ぐ。

「うわ、相変わらず、スプラッタ感が半端ねえな」

「そう？　望くんのアドバイスで、白いＴシャツをやめて、汚れの目立たない黒にしてみたんだけど」

黒いＴシャツに、赤い染みや撥《は》ねが派手に散っている。

おじさんの職業は、画家だった。雅号は乾蟬丸《いぬいせみまる》。

乾蟬丸は、赤い絵しか描かない。人物も背景も、独特な赤の中に息づき佇《たたず》んでいる。蟬の赤と評されて、海外でも結構名の知られた画家なのだ。いまはビルのエントランスに飾る巨大な絵を、企業から依頼されて制作している。アトリエとして借りた倉庫までスクーターで通っていて、集中の度合いによって帰宅時間はまちまちだ。気が乗らなかったのか、夕方を待たずに帰ってくる日もあれば、深夜や午前さま、朝帰りのときもある。一応、晩ご飯は作っておいて、後はおじさん任せだからたいして手間はかからない。

ただし、蟬の赤には弊害もある。毎日、赤い絵具まみれでご帰還するのだ。白いＴシャツに飛び散る赤があまりにも強烈で、黒を勧めてみたのだが、こうして見ると、かえって怖さが増したような気もする。

「赤いシャツにすればいいじゃん。保護色で」

「赤は、身につけたくないんだ。何ていうか、憧れの色、みたいな感覚があってさ」

「さすが芸術家、よくわからん……」と、洋平が首を傾《かし》げる。「じゃあさ、白い上っ張りは？　ほら、よく画家が着ているゆったりした服」

「スモックだろ。あれも勧めてみたんだけど、作業するのに暑いんだって」

「下だけは、作業用のナイロンパンツに穿《は》き替えるけどね。上はやっぱTシャツが楽だから」

「洗濯は、おじさんがするからいいけどね」

絵具のしみた服は、色移りが心配で、他とは分けて洗わなくてはならない。洗濯担当の祖母からクレームがきて、結局、おじさんが自分で洗うこととなり、ついでに僕の洗濯物も引き受けてくれた。料理のお礼なのだそうだ。

のほほんとしたおじさんのおかげで、それまでどんよりしていた空気がちょっと和《なご》んだ。

「後は僕がやるから、望くんは座ってて。洗い物も、引き受けるよ」

料理を温めるあいだ、手際よく洗い物をする。同居したての頃は戦力外だったけど、おじさんもだいぶこの家の流儀に慣れてきて、洋平が賞賛する。

「さすが滝本家。家事能力のレベルが高い」

「望くんみたいに、凝った料理は作れないけどね」

「チャーハンとか焼きそばなんかは、フツウに美味《うま》いよ。それに、おじいちゃんの兄弟だけあって、変なところが似ている」

「何よ？」

「奥さん、もとい元奥さんが、ものすごく料理下手」

「有紀《ゆき》さんの料理スキルは、お蔦さん並みでね。一緒に暮らしていた頃は、僕が料理担当だったんだ」

「なるほど……もはや血の呪いだな」

だいぶ前に別れた石井《いしい》有紀さんは、ピアノの先生をしている。祖母に匹敵するほどの腕前なら、かなりの傑物《けつぶつ》だ。そして僕にはひとつ、心配事がある。洋平がその真ん中に切り込んだ。

「そういや、楓《かえで》ちゃんは？　楓ちゃんは、料理に関してはどっち似なんだ？」

「うーん、どっちだろう？　でも有紀さんは、家では一切料理をしないから……」

覚える機会もなさそうだと、おじさんがこたえる。いまは外食とコンビニで凌《しの》げるから、料理をしない人は女性でも少なくない。

『僕が一生、楓を食べさせてあげるから大丈夫！』

と宣言したいところだが、父親であるおじさんの前でははばかられる。

奉介おじさんと有紀さんの娘が、石井楓。僕らと同じ、高校一年生だ。

お母さんとふたりで江東区《こうとう》に住んでいるが、今年から清宮《きよみや》高等学校に入学した。清宮は神楽坂のとなりの駅にあり、週に一度くらいは、お父さんのいる滝本家に顔を出す。

楓の名を出されるだけで、無駄に動悸《どうき》がする。とはいえ親戚の間柄で、父親のおじさんと同居しているという事情もあって、仲は進展しようがない。洋平は、その辺りも先刻承知で、がんば、と目立たぬようにエールをくれた。

九時になる少し前、おじさんが晩ご飯を食べ終えた頃、祖母が帰ってきた。

「そんな大騒ぎするほどの話じゃないよ。怪我も軽傷で済んだし」

帰って早々缶ビールを開けて、小さめのコップ一杯を飲み干す。それから煙草《たばこ》に火をつけた。病院で吸えなかったから、ご飯よりもまず一服したいんだろう。

もと芸者で、和装履物店を営んでいるだけに、祖母は年中、着物で通している。今日は淡いグレーに白の木目絞りの着物に、深緑に近い鉄色の帯を締めている。細身で背筋がしゃんと伸びているせいか、祖母にはよく似合う。

「怪我って、どんな?」

洋平が話を催促し、僕は三度目の食事の仕度《したく》にかかった。こういう時間差攻撃は勘弁だが、今日ばかりは文句を控えておく。

「たいした怪我じゃなかったよ。右の足首を捻挫《ねんざ》しただけさ」

「お年寄りには、捻挫でもオオゴトじゃん！」

「医者の話じゃ、捻挫には三段階あるそうでね。いちばん軽いものだから、おっつけ治るってさ」

祖母の雑な説明に、洋平は不服そうだが、ひとまず右足以外は大丈夫なようだ。

「それでもしばらくは、仕事に支障がありそうですね。気の毒に……」

奉介おじさんが、憂《うれ》い顔を祖母に向ける。

「息子夫婦や従業員にとっちゃ、いい骨休めになるかもしれないよ。ああ見えて、作業場では結構口うるさいそうだから」

伊万里では、息子さんの他に菓子職人がふたりいる。おじいさんがいなくとも、店を休業する羽目にはならないだろうと祖母は説いた。

「おじいさんが怪我したのって、ひょっとして、万引犯を追いかけようとしたの？」

祖母の前に、鶏や茄子を並べながらたずねた。

「ああ、そのとおりさ。ちょうどじいさんが見つけてね、外に出ていく姿を、つい追いかけちまったそうなんだ。年寄りの冷水ってところだね」

菓子舗伊万里は、餅《もち》菓子や生菓子に定評のある店で、メインの商品はガラスケースに入っている。ただ、ケースから入口までの壁際には、他から仕入れた袋物のお菓子も置いている。色鮮やかな飴《あめ》やあられは、若い女性や外国人客がよく買っていくそうで、万引きされたのは飴の袋だった。

お客さんがふた組いて、息子夫婦はどちらもガラスケースに張りついて接客していた。ご主人はちょうど、奥の作業場から店に出てきたところで、万引きの現場を目撃したのだ。

「声をかけたら、慌てて逃げちまったそうでね。相手が女だったから、捕まえられそうに思えたんだろうね。つい、外まで追いかけたんだとさ」

「犯人て、女性だったんだ」

「万引犯には、むしろ多いみたいだぞ」

僕と洋平が、祖母の話の合間にやりとりする。

「ほら、あそこのじいさんは、曲がりなりにも柔道の心得があるだろ」

「ああ、たしか柔道四段だったよね」

「犯人に追いついて肩に手をかけたんだがね、ふり向きざまに突き飛ばされて、ころんじまった。その時に足を捻《ひね》ってね」

「それなら、立派な傷害じゃありませんか」おじさんが顔を曇《くも》らせる。

「てことは、おじいさんは相手の顔を見たってことだろ？　だったら、モン、モン……何だっけ、犯人の似顔絵を作るやつ」

「モンタージュだろ、洋平」

「それそれ。そいつを作れば、犯人も逮捕できるんじゃないか？」

「果たして警察が、そこまでしてくれるかねえ。傷害といっても、もとは万引きだからね。顔がわかっても捕まえられるかどうか」

「犯人にとっては鬼門でしょうから、しばらくは神楽坂を避けそうにも思いますしね」

冷静な判断を下す大人たちの脇で、僕らは明日の相談をした。

「明日は土曜日だし、見舞いに行かないか？」

「そうだね。じゃあ、十時半でどうだ？」

手早く決まり、洋平が腰を上げる。鍵をかける必要もあって、玄関まで見送った。台所に戻ってふたりにたずねる。

「お蔦さんやおじさんはどうする、お見舞い」

「明日は見舞客が立て込むだろうし、僕は一日おいて明後日《あさって》にするよ」

気遣いを発揮するおじさんとは逆に、祖母は不機嫌に返す。

「今日、こんなにつき合わされたんだ。明日もあの顔を見にいく義理はないよ」

「んなこと言わずに、行ってあげなよ。ファンクラブ会長なんだから、お蔦さんの顔見れば元気出るって。今日、呼び出しがかかったのも、そのためだろ？」

「そうじゃないよ。たいしたことはない、病院には行かないと、じいさんが意地を張ってさ。嫁さんが困って、連絡してきたんだよ」

「そういう経緯《いきさつ》でしたか」と、おじさんが納得する。

お蔦さんの一喝は、何よりも効き目がある。伊万里のご主人だけじゃなく、神楽坂のあちこちからお呼びがかかり、絶えず多喜本履物店に人が集まるのも、そのためだろう。

ただし口は辛辣《しんらつ》で、ビシビシと容赦《ようしゃ》がない。

「まったく、年寄りの頑固ほど、厄介なものはないね」

他人事のように言い放つ祖母に、僕とおじさんはこっそり苦笑を交わし合った。

「ふたりとも、よく来てくれたねえ」

翌日、伊万里に行くと、店にいる息子さん夫婦に挨拶《あいさつ》し、二階へと上がった。伊万里は一階が店舗と菓子工房で、二階と三階が住居になっている。

いつもと遜色《そんしょく》のない福々しい顔に、ひとまずは安心する。おじいさんは居間のソファに座っていた。

伊万里のおばあさんは、僕らが子供の頃に病気で亡くなっている。この家には、ご主人のお孫さんもふたりいるけど、すでに社会人だ。お兄さんは会社勤めで、店の跡取りは弟さん。いまは修業をかねて、京都の老舗菓子屋で働いていた。

動けないご主人の代わりに、冷蔵庫から麦茶を出して、三つのコップに注いだ。それまでビデオを見ていたようだ。白黒画面に映っていた人物に、思わずぎょっとする。

「ちょうど蔦ちゃんの映画を見ていたんだよ。一緒にどうだい？」

「いや、遠慮します」

「おれも……散々見たし」

若かりし頃、ほんの数年だが、祖母は佐原《さはら》蔦代の名で映画にも出ていた。佐原は祖母の旧姓で、人気絶頂の頃に祖父と結婚して引退したから、当時は結構騒がれたらしい。

祖母の映画は、伊万里のご主人をはじめファンクラブの面々に、解説付きでたっぷりと見せられただけに謹んで辞退した。

「なに、たいしたことはないんだが、まわりが大げさに騒ぎ立ててね。まあ、ふいの休日だと思って、二、三日はのんびりするさ」

右足だけはスツールに乗せて、足首に巻かれた包帯が痛々しい。笑顔で語られると、かえって悔しい気持ちがわいてくる。お蔦さんたちの予想どおり、警察は被害届を受理して、犯人の年格好などは確認したが、モンタージュ作成まではしなかったそうだ。

「そんなことだろうと思って、用意してきたんだ。な、望」

洋平に促されて、リュックを開ける。小型のスケッチブックと鉛筆をとり出した。

「もしかして、犯人の似顔絵を描いてくれるのかい？」

「似顔絵なんて初めてだから、自信はないけど」

「望は美術部なんだから、大丈夫だって」

中等部からだから、美術部歴は四年目になる。絵が好きなのは、イラストレーターの母の影響だ。母さんと奉介おじさんは美大の先輩後輩で、母はその縁で父と結婚した。小説や雑誌のイラストを手掛けていて、いまは何でもパソコンでやりとりできるから、父の転勤後も札幌で仕事をしている。

「万引犯て、女だったんだろ？　どんな感じ？　歳は？」

「まだ若い子で、服装もいまどきな感じかな。歳はたぶん二十代の半ばくらいかな……最近の若い人は歳の見分けがつかないから、三十代かもしれないけどね」

「顔は見た？」と、僕が重ねる。

「ああ、押し倒されるとき、案外間近で見たからね、覚えてるよ」

と、ご主人が、ふいに眉をしかめた。僕は慌てて口を挟んだ。

「嫌なこと、思い出させてすみません。もし気が進まないなら……」

「ああ、違うんだ。万引犯ではあるけれど、なんだかちょっと、哀れに思えてね」

意味がわからなくて、洋平と顔を見合わせる。

「僕を突き飛ばしたとき、相手の方が泣きそうな顔をしていた。それに……」

「万引きの上、怪我までさせられて、同情の余地なんかないっすよ！」

憤然《ふんぜん》と洋平に告げられて、そうだね、と照れくさそうな笑顔になる。

犯人の女はひどく痩《や》せていて、顔も面長《おもなが》な印象だが、質問が目鼻の造作に移ると、とたんにこたえが頼りなくなった。

「いや、面目《めんぼく》ない……もう一度会えばわかるけど、細部となるとまったく自信がないなあ」

顔の記憶なんて、そんなものだ。家族や友人ですら、頭には浮かんでも、パーツごとに口で説明するとなるとすごく難しい。ましてやたった一度きり見ただけの他人では、なおさらだ。

「仕方ない、この方法で行こう」

僕はスケッチブックに、面長と思える顔の輪郭《りんかく》を描いて、ご主人に見せた。

「こんな感じですか？」

「いや……もうちょっと、顎《あご》が尖《とが》っていたな」

ねり消しで顎の線を消して、2Bの鉛筆で描き直す。どちらもデッサンで使うから、手に馴染んでいる。もう一度見せると、今度は別の箇所に注文が入った。

「もう少し、頬骨が出ていたような……そういえば、眉は薄くて下がりぎみだったよ。化粧気はあまりなくて、目は一重《ひとえ》だったかな」

人の記憶というのは、不思議なものだ。思い出そうとすると、かえって細部がぼやけてしまうけど、似顔絵を前にすると違和感を通して記憶がよみがえる。警察が犯人と行う現場検証と、似ているかもしれない。

何度も修正して、薄い眉と一重の目を描く。正面から見ただけだから鼻の高さはわからないが、印象として低くはなかった。唇はやや薄め。髪の長さは耳下あたり、長めのショートくらい。知らないはずの女の顔が、紙の上に少しずつ浮かび上がってくる。

「でも、ノゾミちゃん、ヨウくん……」

女の顔がほぼ仕上がった頃、作業の途中で、ご主人が質問を挟んだ。

僕の名前はノゾムなのに、商店街の中ではもっぱらノゾミちゃんと活用形が浸透している。正確に呼んでくれるのは洋平と、同じくあだ名で苦労しているヨシボン刑事くらいのものだ。

「似顔絵を描いて、それをどうするの？」

「どうするって……」

「どうしよう？」

最初はふたりで、見舞いの品を考えていた。和菓子屋に菓子は持参できず、花もちょっと仰々しい。果物の線で落ち着いたが、祖母に反対された。

「どうせ他所《よそ》の見舞いと被っちまうよ。スイカが三つ四つあっても、困るじゃないか。子供なんだから、そこまで気を遣うことはないよ。顔を見せりゃ十分さね」

それもそうかと昨日は納得したが、今朝になって、迎えにきた洋平が案を出した。

「いいこと考えた！　伊万里のじいちゃんのために、ひと肌脱ごうぜ」

僕も賛成して、スケッチブックを携えてきたのだ。ただ、できた似顔絵をどうするかまでは、考えていなかった。

「コピーして、商店街中の店屋に貼っておくとか……」

「それはまずいよ、洋平。最近何かとうるさいし。下手したら、ネットで叩かれるかも」

「だよなあ……万引犯の顔が通りのあちこちにあるのって、何だか寒々しいもんな」

想像したのか、洋平が首をすくめる。

「ひとまず、ヨシボン刑事に渡すってのは？」

「悪くないかも。真淵さんなら受けとってくれそう」

「あとは……やっぱ商店街に配って、貼らないまでも顔を覚えてもらうとか」

「うん、有りだな。確率は低いけど、見つけたら捕まえてもらえるし」

「それは、やめてもらえるかい」

静かだが、断固とした口調だった。おじいさんの丸顔は、少し歪《ゆが》んでいた。

「犯人を追いかけて、僕みたいに怪我をするかもしれない。商店街の売り子は、年寄りや女性が多いから、危ない真似はさせられないよ」

「たしかに……」と、洋平がうなずく。

「何よりも、商店街の皆に犯人捜しなんてしてほしくないんだ。せっかく来てくれるお客さんを、疑う行為になるだろう？」

仮に似たような女性客を見かけたら、万引犯かもしれないと神経を尖らせる。店員がその調子では、店の雰囲気がよくなるはずもない。気配というものは案外、敏感に伝わるものだ。お客さんにとって居心地がいいはずもなく、一軒だけでなく軒並《のきな》みその調子では、神楽坂への印象そのものが悪くなる。

万引き被害を上回る損害になりかねないと、できるだけ柔らかい調子でご主人は説いた。

「おじいちゃんの言うとおりだな……ごめん、そこまで考えがおよばなかった」

「僕も……よけいなことしてごめんなさい」

「いやいや、ふたりの努力を無駄にして、こっちこそあやまらないと。ふたりの気持ちは嬉しいよ、本当だよ。だから、そんな顔しないで」

すっかりしょげてしまった僕らを、懸命に引き立てる。伊万里のおじいさんにとっては、僕らはいつまでも小さな子供のままなんだろう。内線電話で、店にいる息子さんを呼び出した。

「あれもってきて、あれ。ほら、あれだよ。秋の品を、ひととおりね」

歳をとると、あれやこれが多くなる。慣れているのか、電話の向こうには伝わったらしい。ほどなく息子さんが、漆《うるし》塗りの盆を手にして居間に現れた。

うわあ、と思わず声が上がる。黒塗りの盆の上には、色も形もさまざまな和菓子が五つ、並んでいた。

「すごい、きれい！　写真撮っていい？」

「もちろん、どんどん宣伝してね」と、息子さんが快く承知する。

「おれも撮っとこ。女子受けしそう」

「いまどきの子は、何でも写真だねえ」と言いながら、ご主人もにこにこする。

息子さんをさっさと追い払って、菓子の名前を嬉しそうに教えてくれた。

「朧月《おぼろづき》に兎餅《うさぎもち》、米俵《こめだわら》、それに照柿《てりがき》と栗衣《くりごろも》だ」

和菓子って、どうしてこんなに繊細で美しいんだろう。つい見惚《みと》れてしまう。

朧月は仙台《せんだい》銘菓の「萩《はぎ》の月《つき》」に似ている。赤い目のついた兎形の餅菓子と、米俵は麦落雁《むぎらくがん》で殻付きピーナツくらいの小さな米俵が三つ。照柿は緑のへたを載せた柿羊羹《かきようかん》で、栗衣は本物の栗そっくりだ。それぞれ洋平と半分こして、味見した。

「どれが気に入ったかな？　参考にしたくてね」

「おれは兎餅と迷うけど、いちばんは照柿だな。柿羊羹、美味い！」

「僕は栗衣。外側のカリッとした硬さが好みで」

「石衣《いしごろも》という菓子を、栗の形に仕上げたものでね。小豆餡《あずきあん》に砂糖衣をかけたお菓子を石衣といってね、砂糖衣がカリカリとした食感になるんだ」

とろけそうな笑顔で語られると、こっちまで幸せな気分になる。

「こんな美味いものが食えないなんて、お蔦さんも可哀想に」

洋平が、ぷふっと笑う。祖母は根っからの辛党《からとう》——辛いものが好きな辛党ではなく、酒呑みの口なのだ。甘味《かんみ》のたぐいはほとんど駄目で、食べられる和スイーツといえば、あんこを抜いたあんみつくらいか。つまりは豆かんで、まったくあんこの立つ瀬がない。

「そういや蔦ちゃんも、米俵なら食べられるはずだよ。砂糖が和三盆《わさんぼん》だから。帰りに少しもたせてあげるね」

和三盆糖は四国で作られる、うんと手間暇のかかる砂糖で、そのぶん値段も高い。祖母の口は、とことん奢《おご》っている。孫の僕まで恐縮してしまう。

「何かすみません……手ぶらで見舞いに来たのに、お土産《みやげ》まで」

昨日、祖母に手間をかけだ礼だからと、また店に電話して土産を指示した。

「来てくれて、嬉しかったよ。ふたりとも、ありがとうね」

お邪魔したときと、同じ台詞《せりふ》、同じ笑顔で見送ってくれた。和菓子のおかげもあったが、その笑顔に何よりもホッとする。

週末だけに、表通りは混み合っていた。慣れたもので、人と車をよけながら道を渡る。脇道に入ると、洋平がぽつりと言った。

「おれたち、よけいなことしちまったかな」

「うん……犯人の顔を、わざわざ思い出させて悪かったかも」

「だよなあ……」

洋平は薄い曇り空を仰いで、僕は地面に向かって、それぞれため息をつく。

やっちまった感も、ふたりで半分こなら少しは楽だ。そして男子高校生は、こういうときでも食い気に走る。

「何か、ポテトチップス食いたい」

「ポテチより、揚げ煎かな、塩味の」

「甘いものの後って、しょっぱいものが食いたくなるよな」

「同感、コンビニ寄っていこ」

自動ドアが開くと、頭の上でコンビニのチャイムが軽やかに鳴った。


翌日の日曜日、多喜本履物店は定休日だった。

昼ご飯は、僕流の五目素麵《そうめん》。具は胡瓜《きゅうり》とハムとトマトだけだが、めんつゆに辛子高菜を入れてあさつきを散らすから一応五目ではある。つゆにゴマ油とお酢を加えてさっぱり中華風にするのがポイントで、材料を切るだけだから手早く出来上がる。

昼食を終えて、まったりする。祖母は居間でテレビを見ていて、最近は海外ドラマに嵌《は》まっている。年配のご婦人に好評な韓流《ハンりゅう》ではなく、欧米のドラマが好みらしい。情緒の描写がドライで、性に合っているのだそうだ。恋愛物や感動物はスルーで、ミステリーやサスペンスものがもっぱらだった。

僕は台所のテーブルにノートを開き、レシピをまとめていた。いまは何でも電子化だけれど、代々の功績を真似て、レシピだけはノートに手書きしている。とはいえメモは携帯に入れている。メモを確認しようと画面を開いたとき、携帯が振動を伝え着信音が鳴った。

洋平からだ。ふだんは短いメールでやりとりするから、電話してくるなんてめずらしい。指を画面の上でスライドさせて、電話に出た。

「どうした、洋平。急用?」

「望、すぐ来い。大至急だ」

「何かあったのか?」

「似顔絵の女が、いまうちの店にいる」

結構な猛暑日なのに、背中がざわりとした。すぐ行く、と告げて電話を切った。

「何事だい?」

不穏な気配を察したのか、祖母が居間から出てきた。手早く事情を語り、リュックをひっつかんで家を出た。いつもはくねくねとした裏路地を行くが、今日は最短コースをとった。本多横丁から表通りに出て、一気に坂を駆け下りる。歩道は人でいっぱいだから、車道の端を走った。木下薬局の店の前に、洋平が立っていた。

「間に合った?」

「ああ、まだ中にいる。真ん中からひとつ右寄りの棚。ばれたらまずいから、こそっと覗けよ」

走るのは得意じゃない。まだぜえぜえしながら、洋平の陰から店内を窺《うかが》う。

「見えるか? 帽子被って、服はカーキ色」

「あれが万引犯？　全然、それっぽくないけど」

つばのあるベージュの帽子、膝丈のカーキ色のワンピースに帽子と同じ色の薄いカーディガンをはおり、下はスパッツとスニーカー。色は地味めだけど、よくある女性の服装で、万引きする手合いには見えないし、帽子に隠れて顔もわからない。

「本当に犯人か？　人違いってことも……」

「たぶん、間違いねえよ。昨日の似顔絵、家で見せたら、親父やおふくろも知ってたんだ」

僕が描いた似顔絵は、まだリュックに入っている。洋平が両親に見せたのは、携帯で撮った似顔絵の写真だが、その顔に心当たりがあったという。

「うちにもよく来る客でさ、ただ毎回ぐるりと店内をまわるだけで、レジに来たことは一度もないんだ。どうもやられてる気がするって、親父が言っててさ」

防犯カメラの映像を見ても、からだの陰になって確認はできなかった。それでも疑いは拭《ぬぐ》えなかったようだ。彼女が現れるとすぐに、奥にいた洋平に知らせが入った。

「親はレジに張りついてるから、じいちゃんやばあちゃんも動員して、店の奥は見張りを固めてる。やるとしたら、入口に近い場所しかない。そこをおれたちが押さえるんだ」

「僕らが見張ってたら、諦《あきら》めるんじゃ」

「見張りと思われないよう見張るんだよ。これで」

洋平が、右手にもった携帯を自撮りモードにする。微妙に角度を変えると、洋平の背中にいる帽子の女性が映った。

「望は笑えよ。店の外で談笑するふりをしないと」

「んな無茶な……せめて話題がないと」

僕も携帯のカメラを開き、画面に女性が映るよう調整する。カメラモードにすると、隅っこに前回撮った写真が小さく表示される。昨日撮った、色鮮やかな和菓子の写真だ。それを見て、話の種を思いついた。

「昨日のお菓子って、月見と昔話だよな」

「意味わかんねえぞ」

「月と兎で月見、米と柿と栗は、猿蟹合戦《さるかにがっせん》みたいだなって」

「そういや、何かそういう話があったな。たしか、敵討《かたき》ちの話だろ?」

外の喧噪《けんそう》が響くから、会話の内容まではきこえないはずだ。道で暇潰しする高校生を演じながら、携帯の画面からは目を離さない。

「猿が蟹からおにぎりを騙《だま》しとって、代わりに柿の種を渡す。蟹は柿の種を植えて、その柿の実も猿が横取りして、蟹に大けがをさせるんだ。蟹の子供の敵討ちに、栗と蜂《はち》と臼《うす》が協力して、猿を退治するって話だよ」

「それって、おれたちみたいじゃね? 望が栗で、おれが蜂ってところか」

「栗は嬉しくない」

「臼は誰かな。ヨシボンじゃ、臼って感じしないし」

「あの話の、いわば最終兵器だから……」

不機嫌そうな和服姿を思い浮かべたとき、画面の中の女性が動いた。手を伸ばした商品は、リップクリームだ。その手が実にさりげなく、提《さ》げていた布製のバッグに品物を落とす。

見たか？　と目できくと、洋平がうなずく。

女性が店を出るのを待って、背中から呼び止めた。

「お会計、忘れてますよ」

僕の台詞に、あからさまに相手がぎくりとする。

「何も買ってないもの。いったい、何の話？」

「とぼけたって無駄だぞ。証拠はここにあるんだからな」

洋平が、携帯を女性の前に突き出す。映っていたのはさっきの光景、写真ではなく動画だ。洋平も僕も、ただ監視していたわけじゃない。カメラを動画モードにしてあったのだ。リップクリームを万引きするようすが、しっかりと映っている。それでも相手は往生際が悪い。

「ちょっとお会計を忘れただけじゃない。暑くてぼうっとして、つい外に出ちゃったの。ほら、品物は返すから、それでいいでしょ」

バッグからリップクリームを出して、洋平に押しつける。

「ふざけんな！　それで済むと思ってるのかよ。親父！　警察呼んでくれ！」

店内に向かって洋平が怒鳴る。警察ときくと、女性は顔色を変えた。

「嫌よ！　警察なんて冗談じゃない」

走り出した女の右腕を、洋平が摑んだ。

「放して！　放してったら！　あたしは何もしてない！」

後ろから腕をとられたまま、ジタバタしていたが、ふいに鋭い叱声《しっせい》がとんだ。

「いいかげんにおし！　そうやって逃げている限り、あんたはどこにも逃げられないんだ」

さっき思い浮かべた最終兵器が、女性の前に立っていた。

「お蔦さん……」

臼とはほど遠い体形なのに、貫禄《かんろく》だけは横綱級だ。女性は呆《ほう》けたように、いきなり現れた祖母をながめる。

「やめたいと思っているのは、当のあんたじゃないのかい？　あんただってこんなこと、したかないんだろ。この先一生、こんな暮らしを続けるつもりかい」

洋平が握った腕から、ふいに力が抜けた。かくりと膝が折れ、アスファルトの歩道に座り込む。洋平が思わず手を放す。

顔を伏せた女性から、悲鳴のような泣き声があがった。

「あんたの万引きは病気だ。そうなんだろ？」

木下薬局のバックヤードに場所を移すと、祖母はそう切り出した。

洋平の両親は、お蔦さんに後を任せて店に戻り、女性のとなりに祖母が、僕と洋平は長テーブルの向かい側に腰を下ろした。

「以前にも万引きで、捕まったことがあるんじゃないかい？」

「半年前にも一度……初犯だったから実刑はつかなくて、でも、今度捕まったら実刑は免《まぬが》れないと……」

店の人に捕まったのは、他にも何度かあるそうだが、謝り倒して警察沙汰《ざた》にはならなかった。今日は相手が高校生だったから、強気に出てしまったと、力なく告げた。悪人には見えないし、今度だけはと許してしまうのもうなずける。

ふだんはちゃんと、派遣社員として仕事をしている。週末になると都心に足を運び万引きをくり返していた。数えたことはないが、盗んだ物は数百におよび、部屋の中は使いもしない盗品があふれているという。

「お蔦さん、この人とは初対面だよね？　どうして病気だってわかったの？」

「伊万里で捕まりそうになったのが一昨日《おととい》だろ。神楽坂は避けるはずなのに、ほんの二日でのこのこ現れた。自分では止められないんだと、察しがついたんだ」

なるほど、と僕も納得する。

「まあ、推測に過ぎなかったけど、さっきこの人の右手を見て確信したよ」

「右手って?」

「見せてもらえるかい?」

少しためらったが、祖母に促され、右手をテーブルの上に出した。筋張った右手の甲に三つ、擦りむいたような赤い跡がついている。

「これは、吐きダコだね?」

「吐きダコってたしか……摂食障害の?」

「この病気は、摂食障害を併発していることが多くてね」

病気の名は、クレプトマニア。窃盗症とか病的窃盗ともいい、お金がないわけでも欲しいわけでもないのに、自分でコントロールできず万引きなどの窃盗をくり返す。依存症のひとつで、三、四割の人が摂食障害を患《わずら》っている。過食や拒食もあるが、吐きダコがあるのは食べては吐いてをくり返すからだ。

瘦せているのもうなずける。顎は尖り鎖骨が浮き出て、両腕は棒切れみたいだ。

「住まいは近いのかい?」

「いいえ……総武《そうぶ》線で一本ですけど、千葉県です」

「神楽坂に、何か思い入れでもあるのかい?」

最前とは違って、祖母の声は穏やかだ。尋問というより身の上相談みたいだ。

「子供のときは本郷《ほんごう》に住んでいて、週末になると、両親とよく神楽坂に来ました……あの頃が、いちばん幸せでした」

両親が離婚して母親と暮らしはじめたが、中学生になったとき母親が再婚し、娘を祖父母に預けた。父親もそれより前に再婚していたから、捨てられたように思えたんだろう。

この病気に陥る人は、家庭環境にストレスを抱える例が非常に多いという。虐待《ぎゃくたい》はもちろんだが、死別や離婚で親を失ったり、逆に過干渉とかしつけが厳しいとか親のプレッシャーも要因となる。何らかのストレスを受け続けて成長し、大人になってから病気となって現れる。

何でも携帯で調べる癖がついていて、祖母が事情をきくあいだ、クレプトマニアについて書かれた記事を読んでいた。

だんだんと目の前の万引犯が、可哀想になってくる。家庭環境を、子供は選べないし、どうすることもできない。その寂しさと無力感は、少しずつ心を蝕《むしば》んでいく。

依存症は、うつ病や神経症と同じ心の病だ。心が耐えられなくなって悲鳴をあげている。

悲鳴に似た彼女の泣き声が、耳によみがえった。

ちらりと、となりに座る洋平をながめた。

この部屋に入ってから、ひと言も口をきかない。視線をテーブルに落としたまま、口をへの字にして、むっつりと押し黙っている。お調子者の洋平がこんな顔をするのは、ものすごく怒っているときだ。

「あんたはこれから、警察に逮捕される」

祖母の言葉に、骨ばった肩がビクッと震える。縮こまるように下を向き、すすり泣きがもれた。

「二度目なら、実刑が下るかもしれない。でもね、たとえ監獄に入れられても、出てきたらきっと、また同じことをくり返す。三度でも四度でも、刑務所を出たり入ったりしながらね。あんたは、それでいいのかい？」

下を向いたまま、無闇に首を横にふる。

「だったら、本気で病気と向き合っちゃどうだい？　あたしの知り合いに精神科の医者がいてね、そういう患者の治療に力を入れてるんだ」

窃盗症について詳しかったのは、知り合いの先生からきいていたからだ。

その病院の治療プログラムは、カウンセリングと患者同士の交流が柱になっていて、薬はほとんど使わない。入院させるのは、単に万引きができる環境から遠ざけるためで、退院してからも、通院やパソコンを使ったテレビ電話でケアを続ける。

「カウンセリング以上に効果があるのは、患者同士のやりとりでね。いわば仲間ができるんだ」

窃盗犯の仲間というときこえは悪いけど、この病気の辛さは、同じ病をもつ者にしかわからない。孤独から解放されるだけで、治療の大きなきっかけとなる。麻薬やアルコール依存と同じで、抜け出すのは容易ではなく、退院後の毎日が戦いとなる。それでも仲間と連絡をとり合うことで、今日一日を頑張ろうと自分を励ますこともできるのだ。

「刑務所を出所して、その病院に行けと？」

「いいや、あんたに行く気があるなら、ムショに入る必要はないよ」

「でも、逮捕されるって……」

「逮捕されても、被害届を出さないと起訴はされないだろ」

祖母のとなりで、彼女がぽっかりと口を開け、僕もたぶん同じ顔をしていた。

お蔦さんの頼みなら、木下薬局をはじめ商店街中の誰もが同意してくれるだろう。警察に被害届が提出されなければ、逮捕されても裁判には至らず、刑務所にも収監されない。

「おれは、納得できない」

となりで、低い呟《つぶや》きがもれた。次いで、ダン！　とテーブルが大きな音を立て、椅子が倒れそうな勢いで洋平が立ち上がる。

「そんなのあるかよ！　こいつが犯した何百の罪は、ちゃらになるのかよ！」

「洋平……」

「親父もおふくろも、万引き被害には本当に泣かされてて、在庫を確認するたびに暗い顔でため息ついて」

「ごめんなさい……ごめんなさい……」

相手の怒りに怯《おび》えながら、彼女が詫《わ》びをくり返す。僕も止めようがなかったが、祖母だけはまったく動じない。座ったまま、洋平を睨《にら》みつける。

「あやまりゃ済む話じゃねえんだ。百歩譲って、万引きには目をつぶるとしても、伊万里のじいちゃんを怪我させたことだけは、絶対に許せない！」

洋平の怒気が、狭い部屋に満ちる。まるで押し潰されるように、彼女の肩がいっそうすぼまった。

「おまえの御託《ごたく》は結構だがね、洋平、当のじいさんにその気がないんじゃ仕方ないだろう？」

「どういうこと？　被害届は、昨日、出したんだよね？」思わず僕が口を挟んだ。

「息子夫婦に言われて、いやいやね。当人には最初から、この人を訴えるつもりは毛頭なかったんだ」

「なんでだよ！　わっかんねえよ！」洋平がいっそういきり立つ。

「一昨日、病院できいたんだ。突き飛ばされたとき、この人の方が泣きそうな顔をしていたって。辛そうで苦しそうで、責める気持ちがしぼんじまったって。あのじいさんも、お人好しだからね」

なんだかちょっと、哀れに思えてね――。

おじいさんの丸顔が浮かんで、じんわりと胸にしみていく。

「それにあんた、あのときあやまったんだろ？『ごめんなさい』って」

うつむいてすすり泣きながら、こくりとうなずく。

「なんだよ、それ……じいちゃんがそんなんじゃ、こっちは何も言えねえじゃねえか」

洋平が、どさりと椅子に腰を落とす。口許が歪んでいる。泣くのを我慢してるんだ。

その表情で、ようやくわかった。洋平は怒っていたんじゃない。怒ろうと努力していたんだ。お人好しでやさしいのは、洋平も同じだ。

やさしい人の方が、いっぱい傷つくし、他人のことをいっぱい考える。

きっと僕以上に彼女に同情して、でも両親や伊万里のおじいさんのために、流されまいと踏ん張っていたんだ。

まもなく真淵さんと、もうひとりの刑事さんが木下薬局に到着した。

「では、ひとまず身柄は、こちらで預かります」

「ああ、頼んだよ、ヨシボン」

「公共の場ではその呼び名、やめてくださいね」

このやりとりは、いつものことだ。伊万里の被害届は取り下げられるだろうし、警察の確認で、ちょっと面白いことがわかった。

彼女の名は、伊藤万里江《いとうまりえ》。伊万里の文字がまんま入っていて、妙な縁を感じた。

ふたりの警官に連れられて彼女が出ていった後も、洋平の顔は冴えない。でも、長のつき合いで、僕は洋平が元気づく魔法の言葉を知っている。

「洋平、晩飯はうちで食べろよ。ハンバーグ、作ってやるからさ」

「うお、マジか！　望のハンバーグは、世界一だからな」

「あたしゃ、ハンバーグって気分じゃないんだがね」

せっかく盛り上げたのに、祖母は相変わらず可愛くない。しかし我が家の台所を預かる僕は、対処法も心得ている。シソおろしポン酢ソース、ミョウガ添えで手を打ってもらった。

「おれはいつものデミグラスな。目玉焼きも載せてくれ」

了解、と告げて、祖母と一緒に木下薬局を出た。坂を登りながら、独り言のように祖母が呟いた。

「よろずを引く、で万引きとは、うまい言葉だね」

「よろずを引く者、か……」

大勢の人が行き来しているのに、西日を受けた神楽坂はどこか物憂《ものう》げに見えた。

ガッタメラータの腕

「おれの腕、知らないか?」

部室に来て早々、シュールな問いを投げられた。一秒で状況を把握して答える。

「いいえ……ないんですか?」

「そうなんだよ、参ったなあ」

顔は困っているが、さほどの切迫感はない。たぶんこの人のもつ、雰囲気のためだろう。

「ないって、どれが? ヘルメス? ヴィーナス?」

「ガッタメラータ」

「お気に入りじゃないですか!」

「そうなんだよ……まあ最初は、ガッタメラータって言いたかっただけなんだけどね」

「あ、わかる。言いたくなる響きですよね、ガッタメラータ」

「顔は完全におっさんだし、注目してなかったんだけど、名前きいてから急に愛着がわいちゃってさ」

穴水《あなみず》部長は、一学年上の高等部二年生で、今年の春から美術部の部長を務めている。

僕が通う桜寺《おうじ》学園は中高一貫校で、スポーツ系は部活も中高で分かれているが、文化部はその垣根がない。僕も中等部一年から所属して、すでに四年目だ。ちなみに文化部では二年生が部長になることはままあって、たぶん大学受験を考慮してのことだろう。桜寺には大学もあるけど、生徒の七割は他の大学を志望する。

ただし美大志望の場合は、事情が変わってくる。僕が中二のときに高三だった新藤《しんどう》部長が良い例で、むしろ受験が近づくにつれて部室に詰める時間が長くなり、制作に没頭していた。その甲斐《かい》はあって、当時の美術部エースだった足尾《あしお》さんとともに、見事、有名美大に受かったのだから、たいしたものだ。

ただ、そういうたぐいは美術部でもごく一部で、たいていはまったく別の学部を志す。今年の三年生が軒並《のきな》みその状態で、かつ穴水さんの人柄もある。太ってはいないけど熊さん体形で、面立《おもだ》ちも性格も、ほっこりのんびりな癒《いや》し系。先輩からの指名に後輩の後押しもあって、この春、部長に就任した。

僕も一票を投じたひとりで、穴水さんにはもうひとつ大きな魅力がある。

作品にただよう、ユーモアだ。

ガッタメラータもヘルメスもヴィーナスも、美術室によくあるデッサン用の石膏《せっこう》像だ。大半が首像か胸像、たまに上半身や全体像もあるが、ひとつ共通点がある——腕がないことだ。

「先生、どうして石膏像には、腕がないんですか？」

僕が入部したての頃、穴水さんが質問した。きかれた先生が、戸惑った顔をする。

「デッサンに必要ないから……かな？」

「でも、腕がある方が、人体をより正確に描けると思います。なのに上半身の像ですら、肩までか上腕の途中までですよね？　どうして腕や手がないのか、納得いかなくて」

「うーん……正直あまり、考えたことがなかったな」

美術部顧問の丹沢《たんざわ》先生は、美術の教員免許を持ちながら自身も画家で、新藤部長のおじいさん、新藤省燕《しょうえん》画伯ほどの大家ではないけれど、個展を開くと半分ほどは買い手がつくというから立派な玄人《くろうと》だ。

石膏像とは長いつき合いになる先生ですら、そんな質問は初めて受けたのだろう。調べてみるから一日猶予《ゆうよ》をくれと言って、律儀にもち帰った。ただ、正確な答えには辿《たど》りつけなかったようだ。ややすまなそうに、翌日、成果を語った。

「石膏や石、あるいは木でできた胸像のたぐいは、古代ローマの時代から各地で作られていてな。その当時から手や腕がないものがほとんどだった」

「先生、それ、ウィキペディアにも書いてありましたー」

「ばれたか。格好悪いからばらすなよ」

誰かの茶々に、先生が冗談めかして返す。ただ穴水さんだけは、いたって真面目《まじめ》だった。

「つまりは、古代ローマからの様式、みたいなものですか?」

「まあ、そうだ。いま美術室にある石膏像も、オリジナルはローマをはじめ、大昔のギリシヤやエジプトなどで作られた彫像だからね。その原型がコピーにコピーを重ねて、現代まで受け継がれているというわけだ」

「絵画や美術そのものの原型も、古代ローマってこと? ざっと二、三千年も経ってるなら、そろそろ様式を変えても良さそうに思うけどな」

高等部の上級生からは、そんな意見も出た。

「理由のひとつには、著作権もあるようだ。二、三千年前のものなら、著作権も発生しないだろ? 著作権など、ない時代の作品だから。誰がコピーしても問題にならない」

思ってもみなかったことだけに、へええ、と生徒が一様に感心する。

「ネットにあった別の理由も、ちょっと興味深かった。人を見るとき、まず視線が向くのは顔やその周辺だろ? 顔や首、胸だけで、その人物が識別できる。逆に首がなければ、誰なのか判別ができない」

たとえば著名な人物の彫像を作る場合でも、全体像ならポーズをつけるけれども、上半身なら、首や胸だけのものが圧倒的に多い。

手は、動作を司《つかさど》る。人物を写すとき、よけいな動きが加わると、表情や佇《たたず》まい、ひいてはその人の内面も、かえって見えづらくなる。丹沢先生は、そのように説明した。

「あと、ここから先は、僕の推測なんだが……手間や経済的な側面も、あるかもしれない」

「経済的って？」と、皆が興味を示す。

「石膏像を制作している友人にきいたんだが、仮に胸像に腕や手をつけるとすると、とたんに難易度が上がるらしいんだ。まず粘土やシリコンで、鋳型《いがた》を作らないといけない」

ここから、石膏像の作り方講座が始まった。先生は、粘土を使った例をあげた。粘土で正確な像を作り、この像に石膏液をかける。ただ上から流せばいいわけではなく、針金で補強しながら石膏を厚さ一センチほどに重ねるには技術を要する。

そして石膏が固まってから、中の粘土をかき出す。あらかじめ切り口をつけておいて、たとえば首像なら眉の上あたりで頭蓋《ずがい》に相当する部分を外すというから、脳外科手術を彷彿《ほうふつ》させる。

「この粘土をとり去った石膏型が雌型《めがた》——つまり、内側が型になっている。これにまた、石膏を流し込む」

「石膏に石膏を流し込むの？　一緒にくっついちゃいそうだけど」

「だよな。ここで魔法の液体が登場する。といっても、皆もよく知っている石鹼《せっけん》だ。用いるのは、カリウムの多い上質な石鹼水で、カリ石鹼と呼ばれている。これがいわば剝離《はくり》剤になる」

先にカリ石鹼を塗って、それから石膏を流し込む。流すといっても中をみっちり石膏で満たすわけではない。重さ的にもあつかいづらいし、石膏自体がとても脆《もろ》い。だから石膏を塗布した麻布を何十枚も塗り重ね、針金なども適宜使って強度を出す。

これらの作業がすべて終わってから、いちばん外側の石膏、つまり雌型を注意深く割ると、中から完成品の石膏像が現れる。

「話きいてるだけで、何か疲れた。おれには無理ぃ」

「あたしも。絵の方が、ずっと楽に思えてくる」

「大変さが、少しは実感できたか。首だけでも、なかなかの難易度だろ？　これにさらに部品が増えて、ましてや首や頭よりずっと細い腕や指となると、粘土をかき出すだけでもひと苦労だ。型をいくつも、時には数十にも分割して作ることになる。手間も時間も材料費も、跳ね上がる」

「経済的って、そのことかあ」

部室中がなるほどムードの中、穴水さんだけは違うことを考えていた。

「作る過程で分割するなら、完成品も分割できますよね？」

「うん？　まあ、そういうことになるか」

「先生、僕、石膏像をやってみたいんですけど、いいですか？」

「穴水は石膏に興味を持ったのか。過去には試した部員もいたし、構わないぞ。必要な材料をそろえて、場所は造形組のスペースを借りればいい」

部員の中には、木彫《もくちょう》や粘土細工、針金やプラスチックを使ったアートに熱心な者もいて、まとめて造形組と呼ばれていた。いま流行りのキャラクターを象《かたど》ったフィギュアの場合は、別途、フィギュア作製部があるのだが、何人かは美術部と掛け持ちで活動していた。

その日から、穴水さんは石膏像ばかり作っている。最初のうちは下手《へた》っぴで、不気味な軟体生物ばかり増やしては、先輩たちの爆笑を買っていたが、めげずにこつこつ努力を重ねるところもこの人の長所だ。高等部に上がる頃には、見事な腕前になっていた。

「うわあ、ちゃんと爪までついてる。指の感じとか腕の筋肉とか、よく再現できますね」

「なにせ手や腕ばかり作ったからね。さすがに慣れたよ」

「それに……」

ぷぷっと思わず笑いがもれる。穴水さんが制作したのは、もともとの石膏像には存在しない、想像上の腕だった。

たとえば美術室のヘルメス像は、右肩が上がっていて左肩は下りている。胸像だから腕はついていないのだが、穴水さんは想像力を発揮して、二本の腕を繋げてしまった。右腕は上から、左腕を下から伸ばし背中で組むと、ストレッチをしているポーズになる。これをオリジナルにとりつけると、ヘルメスのストレッチ像ができ上がる。

パターンがいくつかある場合もあって、ヴィーナスはその代表だ。ミロのヴィーナスを写した胸像で、一見すると穏やかな表情だ。けれど穴水さんは別の印象をもった。

「口角は上がってるんだけど、目は笑ってないだろ。逆に怖くも見えてさ」

と、手紙をビリビリに引き裂いている両腕を作った。笑ってない目と相まって、とっても怖い。別のパターンもあって、こちらは一輪の花を手に花弁占いをしている。不思議なもので、こうなると像は恋する女性に見えてくる。

ユーモアは、笑いだけを生むものではない——風刺しかりブラックユーモアしかり。笑いという光があってこそ、人の影や負をより際立たせる——。穴水さんの作品を見ていると、そんなことを考えさせられる。とはいえ、単純に面白いというのが正直な感想だ。

中でもガッタメラータは傑作だった。たぶん四十歳くらいのおじさんの胸像で、古代の衣服だか鎧《よろい》だかをつけているのだが、その隙間から覗《のぞ》く両胸が、何ともセクシーなのだ。

「乳首といい緩やかな曲線といい、妙にリアルだし、想像だけど、たぶんAカップの女性の胸って、こんなだと思う」

「ですね……たまに男でも、胸が目立つ人っているし」

「でも、顔がおっさんだろ？　何かもう隠してやりたくて仕方なくてさ。胸を隠すなら、あれしかないだろ？」

僕ら男子とそんな相談をした後で、穴水さんは女子部員に頼みにいったが、見事に総スカンを食らった。

「ブラなんて、貸せるわけないでしょ。どういう神経してんのよ！」

「いやらしい意味じゃないよ。型だけ取らせてほしいんだ。うち、女姉妹《きょうだい》いなくてさ」

「お母さんの、借りればいいじゃん」

「何だかそれは、すごく嫌だ……」

この話をきいた丹沢先生は、大笑いした後でひとつ釘を刺した。

「そもそも自分の下着を他人に触られるなんて、おまえたちだって嫌だろう？　それに、下着をまんま像にするのはどうかと思うぞ」

先生に忠告されて、穴水さんも考え直したようだ。

数日後、まったく別の作品を作りはじめた。

「いいな、これ、裸エプロンみたいで妄想がふくらむ」

「でも、乗ってる顔がおっさんだから、すごいガッカリする。その落差が笑える」

穴水さんが仕上げたのは、エプロンをもち上げた両腕だった。エプロンは、肘を曲げた腕の長さに合わせて、上半分だけ。広げたエプロンの両端をつまむ手つきは女性っぽいのに、腕は筋骨たくましい。顔とのアンバランスも相まって、誰もが吹き出してしまいそうなおかしみがある。

僕らも穴水さん自身も大いに気に入って、女子からも好評だった。

そのお気に入りの作品がなくなったというのだから一大事だ。結局、部員総出で美術室をくまなく探したが、見つからなかった。

「誰かが持ち出したのは、間違いないようだな」

丹沢先生が、難しい顔で考え込む。美術室は、となり同士で第一と第二のふたつがあって、広い方の第一美術室は、美術の授業でも使われる。一方で第二を使うのは美術部の部員に限られ、エプロンつきのガッタメラータの腕はこちらに飾られていた。ただ、鍵がかけられているわけではないから、校内の誰でも出入りはできる。

誰かが盗んだのだとしたら、犯人を特定するのは難しい。

もっとも当の穴水さんは、困ってはいても緊迫感も悲壮感もなく、ひたすら不思議そうに首をひねる。

「いったい何のために、もっていったのかな？　あんなもの、何に使うんだろ？」

用途も理由も、そして犯人もわからない。

消えたガッタメラータの腕は、美術室最大の謎となった。

「望《のぞむ》、ちょっと見てほしいものがあるんだがね」

学校から帰って、今日の騒ぎを話そうとしたが、祖母に先を越された。

「ええと……ちょいと待っとくれよ」

いきなりテレビをつけてリモコンを操作し、録画したリストの中から、ひとつを再生する。

またか……と、内心でどっとため息をついた。

ちなみにお蔦《つた》さんは、この世代の人にしては機械モノにはまあまあ強い方だ。録画とかリモコンとか最新型洗濯機とか、ほぼ難なく操作できる。ご近所のシニア層には、未だに銀行のATMが使えないとか、留守電すら太刀打ちできないとか、スキルが昭和で止まっている人もいるようだから及第点《きゅうだいてん》と言えるだろう。

「これを、食べてみたいんだ。作っとくれよ」

お蔦さんが再生したのは、外国の料理番組だ。金髪の朗《ほが》らかなおばあさんが、調理台の前で手を動かしながらなめらかにおしゃべりしている。

パプリカとキジの地中海風ソース添え、キノコのガーリックソテー・ブリオッシュ載せ、サーモンと海老のポテトサラダなどの料理は、たしかにとても美味《おい》しそうだ。

が、毎日料理している家庭の主婦や主夫なら、作ろうなんてまず思わないはずだ。

「あのさ、まずキジって、どこで売ってるの？　あるわけないだろ、日本に」

「桃太郎に出てくるんだから、生息はしてるだろ？　最近は通販で何だって手に入るんだから、買えるんじゃないのかい？」

「いや、絶対に売ってないから。あとブリオッシュなんて、作るの超大変だからね。だいたいバターと卵たっぷりのパンなんて、お蔦さんの好みじゃないだろ。他の材料だって、全然そろわないし」

パルマハムにエシャロット、生パセリ――ちなみに僕の知ってるチリチリな葉のパセリとはまったくの別物だ――スプリングオニオン、ディジョンマスタード、パプリカパウダーと、耳に覚えのない材料や調味料が延々と続く。

祖母は欧米ドラマを好んで見るが、最近はその合間に挟まっている料理番組にも興味を示し、時々こんなふうに無茶ぶりをしてくる。そもそもこの手の番組や動画は、煮たり焼いたりの工程を端折《はしょ》っているだけにサクサクと進行し、ものすごおく簡単そうに映る。が、主夫ともなれば、そんなお料理マジックには引っかからない。

まず料理は決して単品ではない。主菜・副菜・汁物と二、三品、組み合わせの良い献立《こんだて》を立てて、しかも同時進行が必須だ。一品に手間をかけ過ぎては、それだけで終わってしまう。力の入れ具合をほどほどにして、バランスを整える。それが毎日、毎食、料理を続けるこつなのだ。

料理をしない祖母は、その辺がまったくわかっていない。鮮やかな完成品の一皿に目を奪われて、即座に食べたい、と子供のようにねだるのだ。仮に「成城石井《せいじょういしい》」とか「カルディ」とか、輸入食品店を走り回って材料をそろえたとして、それだけで一週間分の食費が飛ぶこと請け合いだ。

「なあんだ、がっかりだねえ。ひとつくらい、食べてみたかったのに」

祖母のがっかりは、どうしてだか落胆ではなく皮肉にきこえる。見返してやりたい、との負けん気がムラムラと込み上げる。リベンジを誓いながらも、今日のところは冷蔵庫の食材を消費するのが先決だ。

「今日はカツオで我慢してよ。昨日たたきにしたけど、まだ半分余ってるんだ」

立派な切り身をいただいたのだが、ふたり暮らしだけになかなか減らない。

「カツオの赤だしって、たしかおじいちゃんのレシピにあったな……あとは、カツオご飯とか……鯛《たい》めし風にするか、そぼろにしてご飯にかけるのもありかな」

「いいねえ、カツオのそぼろご飯」

祖母の「いいね！」をもらって、メニューが決まった。別の料理であっさりと釣れるのも、子供と一緒だ。

主菜が魚だから、汁物は豚小間とゴボウの赤だしにした。細く切った豚肉と長ネギ、ササガキにしたゴボウを、さっと炒《いた》める。ゴボウは皮を剝《む》くのが面倒だから、よく洗って皮ごと削る。この方が、ゴボウの香りがより際立つ。赤だしの味噌《みそ》をといて、仕上げに一味《いちみ》をひとふりする。

カツオは適当に切って、塩少々を入れたお湯で、赤身がなくなるまでゆでる。冷ましてから皮を除いて身をほぐし、鍋で手早くそぼろにし、砂糖や醬油《しょうゆ》で味をつける。味の加減は、人それぞれだ。挽《ひ》き肉《にく》のそぼろみたいに濃い目の甘辛でもいいし、うちは祖母の好みで砂糖は少なめ、味醂《みりん》の代わりに酒を使い、薄口醬油で色も薄めに仕上げる。

カツオより若干濃い目に味付けした椎茸《しいたけ》の薄切りと、青じそも散らしたから見栄えがいい。

付け合わせに、カリフラワーのゴマ醬油がけと、ミョウガの浅漬けを添えた。

「美味しいじゃないか、カツオご飯。大人のちらし寿司って按配《あんばい》だね」

すっかり機嫌のよくなった祖母に、「ガッタメラータの腕紛失事件」を語る。

「そのガッタンメーラだけど」

「言うと思った、ガッタン」

「ポイントは腕じゃなく、エプロンの方じゃないのかい？」

「エプロンに、どんな恨みが？　エプロンて、家庭の象徴、的な感じだよね？」

「だからだよ。最近まわりに、家庭環境が変わった子は、誰かいないかい？　離婚とか死別とか、お母さんと離れ離れになったような」

家庭のジジョーは、学校では案外話さないものだから、とっさには浮かばない。

ただ、祖母の指摘は、あながち的外れではないかもしれない。

「エプロン」で連想ゲームをすれば、「お母さん」は、かなりの高頻度で出てくるはずだ。

加えて穴水さんの作品だけに、腕や手だけでなく、エプロンの完成度も高かった。やや厚めの布の質感やしわの寄り具合、後ろに垂れた肩掛け紐まで、再現度は申し分ない。

「家庭やお母さんの象徴である、エプロンを見たくなかった……だから目の前からどけた……ってことかな」

だとしたら、犯人は美術部員かもしれない。腕が飾られていた第二美術室に、毎日出入りするのは美術部員だけ、しかも第二を使うのは、ざっと部員の三分の一に限られる。

美術部の半分以上は、水彩・油彩を問わず、第一美術室で洋画を制作し、僕もこの部類に入る。残る三、四割は、日本画の新藤元部長や造形の穴水現部長のように、第二で作業を行う。僕は日頃、第一にいるから、第二の部員とはいまひとつ接点がない。

考えに行き詰まったときは、寝てしまうに限る。

翌朝、目を覚ますと、いけそうな案が浮かんだ。


昼休みの学食で、つい箸《はし》が止まった。目の前の焼肉丼は、まだ半分以上残っている。うどんか蕎麦《そば》にすればよかったと、軽く後悔する。おっきなかたまりが胸につかえていて、肉や米が入っていかない。

「どうした、望？　元気ないね」

向かい側から、心配そうなイケメン顔が覗き込む。

「朝からちょっと、変だったよね。何かあった？」

「うん……昨日の部活で、よけいなことしちゃってさ。いや、ある意味うまくいったんだけど、そっから先を考えてなかったというか」

「うーん、全然わからないけど……よかったらきくよ」

同級生の森彰彦《もりあきひこ》とは、中等部からのつき合いだ。サッカー部で夏を乗り切っただけに、ほどよく日焼けして、相変わらず女子人気は絶大だが、いまはストイックにサッカーだけに集中している。真面目で口も固いから、信用できる。

僕はこの友人に、一昨日《おととい》の腕紛失事件と、昨日の顚末《てんまつ》を語った。

思いついた案は、単純なものだ。穴水さんが例の腕を制作したとき、型取りのためのエプロンを提供したのは僕だった。石膏まみれになるから、使い古しでいい。誰か寄付してくれないかと頼まれて、手を上げた。その経緯を、利用することにした。

事件の翌日、部員がそろった頃を見計らい、僕は第二美術室に行った。

「穴水部長、いますか？」

「今日は文化部の部長会議があるから、遅くなるって」

教室の奥にいた、造形組のひとりがこたえる。部長の不在は、この際関係ない。僕は手に持ったものを高く掲げて、やや声を張った。

「このエプロン！　部長に渡しといてもらえる？　もし、もう一度作るつもりなら、必要になると思って」

緑色の厚手の前掛けは、以前、部長に提供したものと、色も形もほぼ同じ。つまりは、紛失した腕が手にしていたエプロンと、よく似ている。穴水さんの石膏像は、腕や手は着色せず、白い石膏のままなのだが、花や手紙といった物には色をつけてある。

ガッタメラータの腕がもつエプロンもやはり、緑色に塗られていた。

美術室の入り口で、現物を手にエプロンと叫んだとき、部室中の目が僕を見ていたが、ひとりだけ、明らかに皆とは違う反応を示した。

びくりと肩が揺れ、緑色のエプロンを見詰める。大きく開かれた目には、強い怯《おび》えがあった。僕と目が合ったとたん、急いで下を向く。誰もがエプロンに気をとられていたから、気づいたのはたぶん僕だけだろう。

名前は尾花立夏《おばなりつか》、中等部二年生の女の子だ。もっとも苗字しか知らなくて、名前は部員名簿でたしかめた。

去年、一年生で入部してから、ずっと造形組で木彫をやっている。木彫といっても立体像ではなく、木製のパズルを作っているのだ。過去の卒業生の作品に、花とかお菓子とかをピースにした、可愛らしいパズルがある。尾花さんはいたく心惹かれたようで、入部以来、パズルの制作に打ち込んでいた。とはいえ、僕が知っているのはそれだけだ。洋画組とは親交が浅いだけに挨拶《あいさつ》程度のつき合いで、私生活《プライベート》なんて知る由《よし》もない。

彼女がおそらく、穴水さんの腕と関わっていることは、ほぼ間違いない。けれど、そこから先どうするか、何も考えていなかった。

「じゃあ、犯人……もとい、犯人らしき見当はついたけど、この後どうしていいか、わからないってことか」

「そうなんだ。穴水さんや先生に打ち明けるのが筋だけど……大事になれば部活をやめたり、下手をすると停学とか退学なんて事態にもなりそうで、怖くてさ」

「盗難事件、となると、なくもないか……」

「だろ？　相手は女の子で、まだ中等部の下級生だし。そんなことになったら、あまりに寝覚めが悪過ぎる」

運動部だけあって、彰彦は焼肉丼をすでに完食し、焼きそばパンの袋を開けた。大きなひと口で頰張《ほおば》って、炭水化物の二乗を咀嚼《そしゃく》しながら考えていたようだ。ふた口目にかかる前に、シンプルな案を出した。

「要は石膏像が、戻ればいいんだろ？　盗難をなかったことにすれば、一件落着じゃない？　その子に言って、返してもらえばいいんだよ」

「やっぱり、それしかないよね……」

「他に何か、引っかかってるのか？」

「その子がそんな大胆なことをしたのには、それなりの理由があるはずだろ？　そこを解消しないと、駄目なんじゃないかって思えてさ」

「言われてみれば、たしかに……」

「同じ美術部でも、ほとんど口を利《き》いたことないし、込み入った家庭内事情とか聞き出せそうにないし……こんなときこそ、ほっこり癒し系の穴水部長に一任したいのに、今回は当事者だけに、言っちゃっていいのかどうかすんごい迷ってさ」

「それで朝から、グルグルしてたんだね」

正解がひとつではないことは、考えてもどうしようもない。それでも彰彦に話したおかげで、胸のつかえが少し軽くなった。その隙間に、大急ぎで残りの焼肉丼を詰め込む。

「放課後だと、他の部員の目があるし、接触するなら昼休みしかないのかなって」

「だったら、とりあえず行ってみようよ。途中まで、つき合うからさ」

ようやく丼《どんぶり》が空になった。トレーを手に立ち上がったとき、ふいに背中から声がかかった。

「た、滝本《たきもと》先輩……いま、いいですか?」

「あれ……尾花さん?」

「あの、その、相談が、あって……」

もうすでに、涙目になっている。僕に見破られたことを、彼女もまた気がついたんだ。

昨日一晩、どんなにか心細く、怖い思いをしたことだろう。こわばった表情からは、心臓が口からとび出しそうなほどの緊張と、後悔と罪の意識がはっきりと見てとれた。

責める気になんて、とてもなれない。だよな、と同意するように、彰彦がうなずいた。

「尾花さん、アイス、何が好き?」

近くにあった、アイスクリームの自販機を指さした。

「……抹茶《まっちゃ》、です」

なかなか渋い選択だ。僕のソーダ味と、彰彦のチョコミント、三つを買って食堂を出た。

「ごめんなさい！　部長の腕、隠したのあたしです！　ごめんなさい、ごめんなさい！」

校舎から外に出て、日陰に座った。彰彦はここに来る途中で離脱し、たぶん人が来ないよう見張ってくれてるんだろう。

「ああ、もういいから、先にアイス食べよ。溶けちゃうし」

半ベソをかきながら、抹茶アイスにかじりつく。近くで見ると、ちょっと気が強そうだけど、思っていたより素直な子だ。ソーダアイスをシャリシャリしながら、少しずつ話を促した。

「いま、隠したって、言ったよね？　校内？」

「はい……ちゃんと美術室の中にあります」

「え、どこに？　あの腕、六、七十センチはあるし、皆で探したときは見つからなかった」

「準備室の、封のあいた石膏袋の中に……」

まさに、木を隠すなら森の中だ。第一と第二のあいだには美術準備室があって、道具やら絵具やら材料やらが保管されている。これも、特に悪意があったわけではなく、エプロン像を抱えて準備室に入ると、厚い紙製の石膏袋が真っ先に目についただけだという。半分ほど石膏が消費され、空《あ》いた隙間にちょうどよく縦に納まったようだ。

「それって、いつの間に？　部員がみんな帰った後？」

「いえ……三日前、第一で騒ぎがありましたよね？　あのときです」

ああ、と思い出した。静物画のモチーフにしていた花瓶を、誰かが引っかけて落としてしまった。割れたときに派手な音がして、何事かと第二の部員たちも覗きにきた。

「あのとき、第二にはあたししかいなくて……像をどかすなら、いましかないって思っちゃって……」

溶けた抹茶色が、細い指を伝い、コーンの尻からぽたりと落ちた。

「あのさ、穴水部長に対しては……」

「部長のことは、大好きです。尊敬してます。造形組でお世話になってるし、いっつもにこにこして感じがよくって」

「じゃあ、やっぱり気に障ったのはあの腕……いや、もしかして、エプロンの方？」

「強《し》いて言えば、全部……あの緑色のエプロンも、ガッタメラータの顔も」

「え、顔もダメなの？」

「うちのお父さんに、似ていて……」

「あの像に似てるなら、イケメンなんだね、お父さん」

「顔はあんなに立派じゃないけど、髪形が……おでこの上がり具合とか天然パーマとか」

ハゲてはいないけど額《ひたい》が広く、西洋人にありがちなくりくりした短い巻き毛なのだ。

腕の石膏像はいずれも、針金などで支えをつけて、胸像を載せれば、うまく収まる形に作ってある。外すのも簡単だったが、胸像はさすがに隠しようがなく、さりげなく向きを変えてあるという。

「それに、あのエプロン。お父さんのとまったく同じで」

「お父さんのこと、嫌いなの？」

「嫌いじゃないけど、何かイライラして。エプロンなんて全然似合わないし、料理はちっとも上手《うま》くならないし……ご飯、美味しくなくても文句言えないし。何かもう色々と腹が立って……なのに部活のあいだも、となりにいるみたいで」

入部して一年半、金ノコの腕も上達し、彼女は初めての作品を完成させようとしていた。ただ、意外な邪魔が入った。彼女の作業台のすぐ傍《そば》に飾られている、ガッタメラータの胸像とその腕だ。お父さんがとなりにいるようで落ち着かず、ここ数日、失敗の連続で、どうしても作品が仕上がらない。この像さえなければ――せめて木製パズルができるまでの二、三日だけでも、目につかない場所に仕舞っておきたい――。その一心で、腕を隠して像の向きを変えた。

だが、美術部員総出で探すほどの大事になり、しかも腕が発見されなかったことで、ますます彼女は追い詰められた。

「立ち入ったこときくけど……もしかして、親のリコンとかあった？」

「どうして、わかるんですか？」

「お父さんのエプロンが似合わないとか、料理が美味しくないとか……それって、前はお母さんが料理してたのかなって」

「今年の、五月に離婚して……経済的なジジョーから、あたしと妹はお父さんと暮らすことになって」

わかりやすく肩が落ちたのに、それでもきっと顔を上げる。やっぱり、気性の強い性格なんだろう。鼻をすすりながらも、コーンごと残りのアイスを平らげた。

でも、だからこそ、しんどかったろうなとも思えた。いくらよくある話でも、親の離婚が応えないはずはない。思春期真《ま》っ只中《ただなか》なら、お母さんにしか言えないこともあるだろうし、お姉ちゃんであるだけに泣き言もこぼせない。

一方で、エプロンをつけて慣れない家事に奮闘するお父さんには、応援したい気持ちと、うまくこなせないことへの不満。感謝の念と情けなさがないまぜになり、そういうモヤモヤイライラが重なって、でも、頑張っているお父さんにだけは当たりたくない。

代わりに向けた矛先《ほこさき》が、ガッタメラータの腕だったのだ。

「ちなみに、お父さんの家事能力って、どのくらい？」

もともとご両親は共働きで、家事も分担していた。掃除や洗濯なら、父親も問題なくこなせるとこたえる。

「だけど料理だけは、全部お母さんがしてたから、お父さんが頑張ってもどうにもならなくて……カレーやシチューは何か薄いし、ハンバーグは焦《こ》がすし、フライは油っこいし」

お父さんの苦労が見えるようで、何だか切なくなってくる。

「何よりも卵焼き！　オムライスは炒《い》り卵が載ってるみたいだし、毎日のお弁当の卵焼きも、しわしわのパサパサで……お母さんがとっても上手だったから、お弁当見るだけで、すっごく悲しくなる」

「卵焼きは、難しいよね。ある意味、いちばんの難物かも」

「そういえば、滝本先輩は、料理が上手だってききました」

「尾花さんは、しないの？　料理」

「いいえ、あたしも料理は全然で」

「造形やってるくらいだから、手先は器用だよね。こつさえつかめば、上手くなるよ、きっと……あ、そうだ！」

ぽん、と手をたたく。僕は尾花さんに、ある提案をした。

「道具と材料は、あっちにそろえておいたから、好きに使って」

「悪いね、急に」

「なんの。ノゾミちゃんに恩を売っとくのは、料理部としても損はないからね。後でしっかり返してもらうし」

放課後の調理室は、料理部の部室と化す。卒業した料理部の元部長は、神楽坂《かぐらざか》でご近所の若葉《わかば》ちゃんだ。僕の腕前をさんざん吹聴《ふいちょう》してくれたおかげで、料理部には顔が利く。同学年の部員に頼んで、調理台のひとつを借りることにした。

ぺこんと頭を下げて、尾花さんが僕に続く。

調理台の上には、材料の卵と、ボウルや卵焼き用の四角いフライパンが、二つずつ用意されていた。まず、尾花家の卵焼きの味をたしかめる。

「甘い系?　しょっぱい系?」

「うちは完全に甘い派です。甘くてしっとりふわふわな卵焼き」

「巻きは?　何層ぐらい?」

「お母さんのは、七、八層くらいありました」

なかなかに手の込んだ卵焼きだ。七、八層なら、卵三個は必要だろう。卵をボウルに割り入れて、多めの砂糖と塩少々を落とす。僕にならって、尾花さんも卵液を作る。

「混ぜるときは、菜箸《さいばし》を縦横に動かして、白身を切るように。ただ、混ぜ過ぎると卵のコシがなくなって、ふわふわにならないから気をつけて」

「もうすでに難しい……」

泣き言をこぼしたが、手つきは悪くない。フライパンに油を引いて温める。

「ここでポイント。卵液を入れる前に、余分な油をキッチンペーパーで拭き取っておく」

「せっかく温めた油を、とっちゃうんですか？　どうして？」

「実演した方が、わかりやすいか。油が多いとこのとおり……ほら、卵が縮んでしわしわになるだろ？」

油が多いと、「焼く」より「揚げる」に近い感覚になる。卵をきれいに焼くためには、薄い膜一枚になるように、油の量を加減しなければならない。

「あとは火加減、強すぎるとやっぱりチリチリになるから、ひたすら弱火。そのぶん、時間はかかるけどね。卵焼きは、辛抱の料理でもある」

ホットケーキなんかも、同じ要領で作ると、きれいなキツネ色に仕上げられる。

巻きの方は、こつさえ呑《の》み込めればそう難しい作業ではない。薄い一枚が焼けるのを待って、手前の側に三つ折りにたたむ。尾花さんも最初は手こずったが、じきにこつを掴んだ。

卵液は四回に分けて投入し、毎回、キッチンペーパーで塗るようにして、油を追加する。

「意外と、待ち時間が長いというか……思ったより、ぱぱっとできないものなんですね」

「ぱぱっと作ると、しわしわチリチリになる」

「納得です。……お父さんも、朝、時間がないからなあ、お母さんと違って」

お母さんは仕事の関係で出勤時間が遅く、毎朝、十時くらいに家を出ていたそうだ。対してお父さんは、八時前には家を出る。

「その時間でお弁当もとなると、大変だね」

「あたしも、無理しなくていいって言ったんだけど。小学生の妹は給食だし」

「たまには、尾花さんが自分で作るとか」

「そうしたいんですけど、あたし朝は全っ然起きられなくて……一緒にお昼食べる友達が、みんなお弁当だってあたしが言ったから、無理して作ってくれてるのかな」

「いい、お父さんだね」

フライパンに目を落としたまま、少し考えて、はい、とうなずいた。

「この卵焼き、焼くっていうより、育てるって感じですね」

「たしかに」

料理の腕も同じだ。作る人と食べる人、両方で育てていくものかもしれない。

出来上がった卵焼きを試食しながら、祖母の顔がちらりと浮かんだ。

「美味しい！　しっとりふわふわです、この卵焼き」

幸せそうな笑顔に、心の底から安心した。そのタイミングで、僕と尾花さんの携帯が、ほぼ同時にピロンと鳴った。

美術部員用のＬＩＮＥに、穴水部長からメッセージが入っていた。

「石膏袋の中から、腕が見つかったって」

石膏を使うのは部長だけだから、これも必然だ。

「呑気な人だから、たぶん、誰かの悪戯《いたずら》くらいにしか思ってないよ、きっと」

このまま僕が目を瞑《つむ》れば、事件はなかったことになる。それでも尾花さんは、卵焼きを嚙《か》みしめながら、じっと考え込んでいる。

「滝本先輩、もうひとつだけ、お願いがあるんですけど」

真剣なその顔は、何故《なぜ》だか少しだけ、ガッタメラータの像に似ているような気がした。

「それじゃあ、その子は、先生と部長にあやまりにいったのかい？」

夕飯ができ上がるまでのあいだ、祖母は食卓テーブルで一服していた。

「うん、なかなかに男前な女の子でさ。理由を話して、ふたりの前でお詫《わ》びしたんだ」

部活が終わってから、先生と部長だけ残ってほしいと、僕からメールしておいた。理由をきいて先生も納得し、部長も許してくれた。

尾花さんは一生懸命あやまって、お詫びの品を穴水部長に渡した。

「もらってしまっていいのかな。立夏ちゃんが、初めて仕上げた作品だろ？」

さまざまな動物をモチーフにした木製のパズルは、その日、最後のピースが仕上がった。

真ん中にあるのは、どこか穴水さんに似た、呑気そうな熊の顔だ。

ぜひ！　と尾花さんに差し出され、部長は嬉しそうに受けとった。

「さっきから、変わった匂いがしてるねえ。今日は何だい？」

「ちょっと待って。これで、出来上がりっと」

仕上げを済ませて、三つの皿をテーブルに置く。

「ジャーン！　チキンの地中海風ソース添えと、キノコのガーリックソテー・薄皮のせ、海老とタコのポテトサラダ」

「おや、この前の料理番組の献立かい？　へぇえ、美味しそうじゃないか！」

お蔦さんからねだられたメニューを、僕なりにアレンジした。

キジは端《はな》から除外して、鶏胸肉《とりむねにく》で代用。地中海風ソースとは、要はレモンとバジルのソースだった。キノコのガーリックソテーは、ブリオッシュの代わりにパリパリに焼いた餃子《ギョーザ》の皮に載せ、サラダはサーモンをやめて、タコにした。調味料や野菜もすべて間に合わせ、要は雰囲気と仕上がりさえ押さえておけばいい。

カナッペ風に仕上げたキノコを、祖母が口に運び、目を細める。

いまごろきっと尾花家でも、親子三人でこんなふうに食卓を囲んでいるのかもしれない。

いただきます、と手を合わせ、チキンを頬張る。

酸っぱさわやかなソースが、口いっぱいに広がった。

いもくり銀杏《ぎんなん》

その日、学校から早めに帰ったことを、僕は死ぬほど後悔した。

見てはいけないものを、見てしまったからだ。

もっと正確には、見たくないもの、というべきか。とにかく絶対に目にしたくなかった現場を目撃した。人生とは、そういうものだ。ときに苛酷な偶然が待っている。

早めに帰ったのは、単に部室に行かなかったから。美術部は個人で作品を仕上げればいいから、部活の参加も部員の自由だ。僕の部活はだいたい、週に三、四回。我が家の台所を担《にな》っているだけに、時々、食材の買い出しが必要になる。今日もそのつもりで、美術室をスルーして、神楽坂《かぐらざか》に帰った。

「ええっと……米酢とコショウがなかったな。味醂《みりん》はまだ大丈夫、あ、卵買わないと」

食材は店で、鮮度と値段を確かめて決める。補充が必要なものだけを、頭の中にメモ書きしながら飯田橋《いいだばし》駅の改札を出た。携帯を見ると、ちょうど午後四時だった。

信号を渡ると神楽坂下、道の反対側にコーヒーショップがある。ガラス張りの建物を、何気なくながめたとき――心臓が止まりそうになった。

窓に向かったカウンターに、一組のカップルがいて、楽し気に談笑している。男の方は、目にしたはずなのに、よく覚えていない。僕の視線が、となりに座る女の子に全集中したためだ。

清宮《きよみや》高等学校の制服、肩より少し長めの髪、すっきりした雰囲気と顔立ち。いまは笑顔が弾《はじ》けていて、いつもより印象が明るく見える。

あれは――。認めるのを嫌がって、足が勝手に駆け出していた。

一気に坂を駆け上がり、足は慣れた道をひたすら急ぐ。米酢も卵も、完全に頭から吹きとんでいた。慌《あわただ》しく玄関を開けて、自分のテリトリーたる台所に駆け込む。

台所テーブルの椅子に着地すると、そこで体力がゼロになった。代わりに頭が、ものすごいスピードで動き出す。

見間違いじゃない。あれは――あの女の子は――。

どう見てもデートだった。相手の顔は覚えてないけど、大学生に思えた。この周辺には大学も多い。東京理科《とうきょうりか》大、中央《ちゅうおう》大、法政《ほうせい》大と、数え上げればきりがない。どこで知り合ったんだろう？　バイトはしていないはずだから、高校のOBか、まさかナンパ？　いやいや、彼女に限ってそんなはずは……。

と、ふと気づいた。あの子のことを、僕はどこまで知っているんだろう？　やや込み入った家庭環境や、意外にも虫が好きで、アリ部と呼ばれる自然科学部に所属してること。好きなものはオムライスとスイーツ、嫌いなものはグリーンピースと肉の脂身《あぶらみ》。理科と音楽が得意で、社会科は苦手。でも、そんなものは、趣味や嗜好《しこう》に過ぎない。

本当の彼女のことを、どこまで理解しているんだろう？　とたんに、やるせない気持ちに襲われる。考えることにも疲れて、テーブルに突っ伏した。

「なに、地味にしょげてんだい？」

ふいに祖母の声がして、慌ててからだを起こした。もと芸者だけあって、歩いても音がしない。この手の不意打ちは、しばしば食らう。

「別に……何でもない」と、立ち上がった。

じいっと、不審の眼差《まなざ》しが注がれる。

「着替えてから、出掛けてくる」

どこに、とはきかれなかった。そのかわり、階段の下まで祖母のぼやきが追ってくる。

「やれやれ、今日の夕飯は外食かね」

答えずに、のろのろと階段を上がった。制服を着替えたものの、行く当てが思い浮かばない。頼みは近所の洋平《ようへい》だが、バスケ部の部活があるからまだ帰っていないはずだ。

いまさら買い出しに行く気もしない。とりあえず、街をぶらぶらしてみようか。坂下には向かわず、坂を登って牛込《うしごめ》の方角に行こう。

階下に降りると、お蔦《つた》さんと顔を合わせぬよう、まっすぐ玄関に向かった。たぶん祖母は、コーヒーを淹《い》れながら一服しているんだろう。廊下にただよってくる香ばしい匂いを嗅《か》いだだけで、さっきのコーヒーショップを思い出し、気分が悪くなった。

玄関のドアを外に向かって開けたとき、そこに彼女が立っていた。

「わ、びっくりした！　すごいタイミングだね」

楓《かえで》の笑顔が眩しくて、僕はその場に突っ立ったまま動けなくなった。

「お父さん、まだ帰ってない？　おかしいなあ、四時半には帰るって、さっきメール来たのに。一緒にね、新作スイーツ食べにいこうって。モンブラン風の栗パフェなんだよ」

いつもの楓だけど、いくぶん頰が紅潮して、いつもよりきれいに見える。

恋をすると女の子はきれいになるっていうけど、本当かもしれない。

「ほら、これ、美味《おい》しそうでしょ」

携帯の写真には、薄茶色のクリームをトッピングした、巨大なパフェが鎮座《ちんざ》していた。

お蔦さんが、わずかに眉をしかめる。甘いものを好まない祖母が、もっとも苦手とするのが、実はモンブランだ。「あのうねうねしたクリームが、どうにも耐えられない」との理由で、長い生涯の中で一度も口にしたことがないという。

「お蔦さんは、甘いもの苦手なんだよね。一緒に行けなくて残念」

「あたしは店があるからね。奉介《ほうすけ》とふたりで行っといで」

祖母にとっては、もうひとり孫が増えたようなものだ。甘味《かんみ》代との名目で、お小遣いを楓に渡した。

奉介おじさんこと乾原《かんばら》奉介は、僕の曾祖父の末っ子という、何ともややこしい間柄になる。つまり、おじいちゃんの弟だが、歳は僕の父よりも下になる。

石井《いしい》楓は奉介おじさんの娘で、幼い頃に両親が離婚して、父親とは去年の暮れに十数年ぶりに再会した。

そのときから奉介おじさんはうちに同居していて、清宮高校は神楽坂からも近いから、こうして楓が学校帰りに立ち寄ることもある。

「望《のぞむ》は？　一緒にどう？」

「え……と、ごめん、洋平と約束があって」

「そうかあ、残念」

ほどなく奉介おじさんが、仕事場から帰ってきた。

「ごめんごめん、道が混んでてさ、遅くなった。着替えてくるから、ちょっと待ってて。あ、よかったら、望くんも一緒に行かない？　栗パフェ」

「いや、僕は……」

同じ嘘を重ねる。ちらりと、祖母の視線を感じた。

「あたしゃ今日は、外で夕飯を済ませるからね。おまえたちも、二人で食べてきちゃどうだい？」

「僕らは構いませんけど……」

「望はどうせ、洋平の家で馳走《ちそう》になるんだろ？」

「……たぶん」

約束はしてないけど、それで辛うじて、嘘が本当になる。

お蔦さんの余計な気遣いは、たいていは有難くないのだが、今日だけは助かった。

洋平の家に行くふりで、三人で家を出る。

「あ、そうだ。望にききたいことがあったんだ」

「え、何？」

急にふり返られて、無駄にドキドキする。

「さっきお小遣いもらったし、お蔦さんに何か、お土産《みやげ》を買いたいなって。何がいいかな？」

「お蔦さんへの土産って、難しいよね。甘いものは嫌いだし」と、おじさんが苦笑する。

「そうだな、いまの時期なら……」

十月に入って数日。秋の味覚といえば、栗にカボチャ、サツマイモあたりが浮かぶが、祖母には論外だ。唯一、甘栗は好きなのだが、この時期ならもっと打ってつけのものがある。

「それなら、銀杏《ぎんなん》がいいと思う」

「ああ、そういえば、お蔦さんは昔から好物だったね、銀杏」

「銀杏かあ。この辺りだと、どこに売ってるかな？」

「たぶん、坂上のスーパーにあると思うけど」

「じゃあ、帰りに寄ってみる」

通りに出たところで、ふたりと別れた。洋平が帰るのは、六時ごろ。あとは何もすることがない。

携帯を手に目的地を探しあぐねていると、「あれ、望くん？」と、声をかけられた。近所に知り合いが多いだけに、よくあることだ。

「こんなところで、待ち合わせ？」

「真淵《まぶち》さん！」

思わず、わんこのようにすり寄っていた。通りの向かい側にある、真淵写真館の次男坊で、通称ヨシボン刑事。神楽坂署の生活安全課に所属している。

「真淵さん、いま仕事中？」

「いや、帰りだよ」

「だったら、お茶しない？」

「まあ、いいけど……」

男子高校生にお茶に誘われて、真淵さんは微妙な顔をしながらも僕につき合ってくれた。

「なるほどね、それは災難だったね」

職業柄、口の固さは信用できる。ある意味、相談するには誰よりも打ってつけの人材だ。僕は迷わず、さっきの目撃情報を真淵刑事に語った。

「どう思う？　やっぱ彼氏かな？　彼氏だよね？」

「うーん、それは何とも……やっぱり、きいてみたら？　本人に」

「きけないよ。もし彼氏って言われたら、ショックで心臓止まるかも」

チョコレートワッフルを頬張《ほおば》りながら訴える。近くのチェーン系カフェに入り、僕はミントティーとワッフル、真淵さんはコーヒーを頼んだ。

「それに、同居しているおじさんの手前、僕には本当のことを言わないかもしれないし。それはそれでショックだし」

解決策がほしいわけじゃなく、ある意味、愚痴《ぐち》だ。一刻も早く、このモヤモヤを吐き出したいという、かなり身勝手な理由だ。

「ごめんね……こんなこと相談されても困るよね？」

「そんなことないよ、ちょっとホッとする……あ、この言い方は失礼だよね。何ていうか仕事柄、人の暗い側面を見ることが多くてさ」

真淵さんは、雰囲気も気持ちも優しい。いつも被害者に寄り添ってあげられるような人だけど、他人に心を遣い過ぎても自分が参ってくる。

「生活安全課って、知ってるようで知らないかも」

名前からすると生活の安全を守る部署だが、具体的にどこからどこまでをカバーしてるのかわかりづらい。

「まあ、言ってみれば、町の何でも相談室だね」

「え、何でも？　いいの？」

「実際、騒音トラブルやゴミの不法投棄、怪しいメールが届いたとか写真を無断で使われたとか、そういうのは全部、生活安全課の仕事の範疇《はんちゅう》なんだ」

「いちいち細かいね。それはそれで大変そう」

これまで何度もお世話になったのに、いまひとつ把握しきれていなかった。

万引きに特殊詐欺、空《あ》き巣と、神楽坂のご近所衆もたびたびお世話になっている。

「銃刀法や少年犯罪は、有名だよね。刑事ドラマでよく見るから。真淵さんも、拳銃撃ったことある？」

「一応、警官だから、訓練でね」

と、あくまで謙虚だ。興味もあって、仕事内容を詳しくたずねる。

「新宿《しんじゅく》区の場合は、風営法——風俗営業法の取締りが多くてね」

「ああ、歌舞伎《かぶき》町があるもんね」

「新宿署ほどじゃないけど、神楽坂も歓楽街だからね。あと最近増えたのが、サイバー犯罪と外国人の雇用トラブル」

「それも生活安全課なの？」

「何でもって言ったろ。もちろん捜査もするけど、防犯や相談の比率が高いことも、特徴かもしれないね。ストーカー被害や家出人の捜索、それにＤＶ」

「相談ていっても、結構ハードだね」

「だね。いわば警察が最後の砦だから、親身になって話をきくよ。そういう相談こそが、事件予備軍と言えるからね」

「防犯て、そういうことか」

　ある意味、事件になれば話は楽だ。解決という一本道を突き進めばいい。でも、事件の前兆と思える芽を、ひとつひとつ摘《つ》んでいく作業がどれほど大変か、僕にも想像がつく。夏場の草むしりのイメージだ。抜いても抜いてもまた生えてきて、終わりがない。

「それって、疲れない？　もう嫌だーって、癇癪《かんしゃく》起こしたりしない？　お蔦さんなら、やらかしそう」

「たしかに、お蔦さんならやらかしそうだ」

　同じ想像図が浮かんだんだろう。真淵さんが、はは、と笑う。

「僕も最初の二年くらいは、きつかったな。被害者や相談者に肩入れしすぎて、結構参ってた。助けになってあげられることがあまりに少なくて、できないことばかり多くてさ」

本当はストーカーやDVしてる奴を、ぶん殴ってでもやめさせたいのに、それはできない。警告を与えるのがせいぜいだ。その中の誰かが事件を起こし、加害者となって初めて捕まえることができるのだ。でも、相談を受けていた警官にとっては、やりきれない。相談者が被害者になった時点で、負けなのだ。どんなに無力感に苛《さいな》まれることか。

「真淵さん、大丈夫？　あんま無理しないでね。元気ないときは、うちにおいでよ。僕のご飯食べて、お蔦さんにカツ入れてもらえばいいよ」

「ありがとう。でも大丈夫だよ。きつかったのは最初の二年で、いまはやり方を心得たから」

「やり方って？」

「言い方は何だけど、あえて距離を置くことかな。前はね、警察官として相手の期待に応えなきゃって……平たく言えば見栄を張ってたんだ。でも、ひとつやひとりに頑張り過ぎると、精神的にガス切れを起こすからね」

あ、とようやく気づいた。真淵さんの口癖を思い出したのだ。

「だから、公務員？」

うん、と真淵さんは、少し照れくさそうにうなずいた。

「警察官は公務員に過ぎない」と、真淵さんはよく口にする。たぶんあれは、おまじないなんだ。自分のことなら、努力と結果は比例する。でも、他人のことは、精一杯やっても報われないこともある。そんなときのおまじないだ。

ひとりの人間にできることなんて、たかが知れている——。

真淵さんの、公務員という言葉には、その思いが凝縮されている。

決して不貞腐《ふてくさ》れているわけではなく、自分の限界を認めることで、自分を許してあげられる。そうしないと前に進めない。明日も明後日《あさって》も、相談の列は切れることがなく、きいてあげることで、救われる人もいるからだ。

「何かごめんね。望くんの相談だったのに、これじゃあ逆だよね」

「いいよ、僕の方はたいした話じゃないし」

「そんなことないよ。君にとっては大事だろ?」

「まあ、そうだけど……僕も真淵さんを見習って、距離を置くよ」

楓を避ける意味じゃなく、ちょっと落ち着こうと思った。

そのタイミングで、電話が鳴った。僕の携帯だ。画面を見ると、うちの家電《いえでん》からだった。家電を使うのは、ひとりしかいない。僕が話すより前に、電話の向こうから予想通りの声が届いた。

「望、すぐに帰っておいで。緊急事態だよ」

「緊急って……まさか、楓や奏介おじさんに何か？」

二人はまだ、帰っていないと祖母がこたえる。ほっとしながら、事情をたずねる。

「だったら、何？　いま、真淵さんと一緒なんだけど」

「ヨシボンと？　ちょうどいい、連れといで」

「なになに？　警察沙汰《ざた》なの？　真淵さんはもう非番だから、それなら一一〇番した方が……」

「まだ、事件じゃないよ。花屋の娘が面倒事を抱えてきてね。あたしじゃどうにもできないからさ」

「花屋って、『鈴木《すずき》フラワー』の央子《おうこ》さん？」

「いいから、ヨシボンを連れてとっとと帰りな。わかったね」

言うだけ言って、電話は切れた。祖母の勝手と横柄《おうへい》は、折り紙つきだ。

「相手はお蔦さん？　央ちゃんの名前も出てたけど」

「ゴメン……真淵さんも連行されることになった」

仕事帰りなのに、非番なのに、申し訳なくて身が縮む思いがする。だが、真淵さんはさすが大人だ。すぐに了解してくれた。

「望くんが気に病むことないよ。たぶん僕にも連絡が入って、どのみち結果は同じだろうし……とはいえ、お蔦さんと央ちゃんのそろい踏みか」

はあ、と重いため息をつく。

「そういえば、ききたかったんだけど……央子さんと、何かあったの？」

この前、洋平と三人でいたときだ。彼女候補に名前を出したとき、過剰な反応をされた。

僕と洋平は、思わずにんまりしたのだが、真淵さんはその可能性を即座に否定した。

「もしかして、恋愛系とか期待してるなら、むしろ逆だから」

「逆って？」

「苦手ってこと。央ちゃんは僕のひとつ上なんだけど、子供の頃はガキ大将でさ」

「ガキ大将？　央子さんが？」

「運動神経いいし、活発だし、案外いたずら好きでさ。集団で登下校する時とか、よくやられたんだよ。ランドセルに毛虫に見立てたストローの袋を入れられたり、帽子を隠されたり、怖い話をきかされて夜中にトイレに行けなくなったり」

「それって、小学生の男の子がやるやつだよね？」

「小学校の低学年の頃は、よくピーピー泣いてたから、面白かったんだろうね。でも、おかげですっかりトラウマでさ」

会計を待つあいだ、そんな昔話をしてくれた。

「もっと強い自分になろう！　と決心して、警察官になったんだ」

「じゃあ、いまの真淵さんがあるのは、央子さんのおかげってこと？」

「その言い方、マジでやめて」

おごってもらったお礼を言って、店を出た。

あと三分で、午後六時。外はすっかり暗くなっていた。


多喜本《たきもと》履物店に帰ってすぐに、祖母の緊急帰還命令の理由が呑《の》み込めた。

「この子たち、どこの誰？」

「知らないよ。央子がいきなり連れてきてさ、往生しちまったよ」

「お兄ちゃんが香月《かつき》くん、五歳。妹が芽依《めい》ちゃん、三歳」

ぷりぷりするお蔦さんのとなりから、央子さんが小さなふたりを紹介する。

お蔦さんは、小さな子供が苦手なのだ。それを承知で連れてくるあたり、央子さんもなかなか豪胆だ。

「ゴメンね。でも、どうしていいかわからなくて。困ったときは、お蔦さんにきくのが早道でしょ」

「だからって、いきなり連れてきちゃまずいだろ。下手《へた》すりゃ誘拐犯だよ」

「誘拐って、どういうこと？　央子さんの、知り合いの子供じゃないの？」

「お母さんとは知り合いだよ……名前は知らないけど。三ヵ月くらい前だったかな、道をきかれてさ。この辺に引っ越してきたばかりだって言ってた」

会えば挨拶《あいさつ》するし、二、三度、立ち話もしたそうだ。香月くんと芽依ちゃんの歳や名前はきいても、苗字や母親の名前までは知らない。大人同士のつき合いは、そういう場合がままあるそうだ。央子さんがきいた、母親のプロフィールはふたつだけ。シングルマザーで、夜のお店で働いているということだ。

「お母さんはたぶん、二十代半ばくらいかな。ちょっと派手だけど気のいい人。出勤前に子供にご飯を食べさせないとって、夕方になると、よくうちの前を通ってね。ファミレスやコンビニに行ってた」

仲の良いごくふつうの親子で、子供たちも身ぎれいにしていた。けれど三、四日前からようすが変わった。子供ふたりだけで、母親がいない。

「お母さんは？　って香月くんにきいたら、今日はふたりだけでお使いに来たって。あたしも毎日、店の前を見張ってるわけじゃないし、今日まで気づかなかったんだけど……」

さっきふたりを見かけて、央子さんは仰天した。三、四日前と服が同じで、お風呂に入ったようすもない。ふたりを引き止めて事情をきくと、母親は旅行に行っていると、香月くんはこたえた。

「それって……置き去りってこと？」

肝心のところは、うんと声を低めた。

「もう完全に警察案件だよ」

「それもどうかと思ってさ。そんなお母さんには見えなかったし、いきなり逮捕なんてことになったら寝覚めも悪いし」

「折衷《せっちゅう》案で、うちに連れてきたってわけさ。こっちはいい迷惑だよ」

お蔦さんは、ずけずけと文句をこぼす。

「まあ、親に黙って子供を連れてきた時点で、誘拐ととられても仕方ないしね」

「ヨシボンがいれば、保護って建前が通るだろ？　すぐに摑まってよかったよ」

その真淵さんは、子供たちからの事情聴取を試みていたが、成果は上がらなかったようだ。

「駄目だ、何も話してくれないよ。お母さんは旅行に行ったけど、今日帰ってくるの一点張りでさ」

それ以上は何をたずねても、こたえてくれない。お兄ちゃんがその調子で、妹の芽依ちゃんへの質問も、やはり香月くんが懸命に邪魔をする。

「仕方ない、央ちゃんからの聴取で署に届けるよ。もう一度、詳しくきかせてくれる？」

真淵さんに促され、央子さんがうなずいた。大人三人が台所のテーブルについて、声を落として話し込むあいだ、僕は否応なく子守を任された。

子供が得意とは決して言えないけれど、祖母にくらべればかなりましだと自負している。

ふたりの脇に胡坐《あぐら》をかいた。

小さな兄妹は、居間の床に座って、えらい勢いでお菓子を食べていた。

うちはご近所衆の集会所になっているだけに、おやつには事欠かない。和菓子の『伊万《いま》里《り》』をはじめ、神楽坂の人気スイーツ店の品々が豊富にそろっていたが、子供たちに俄然《がぜん》人気なのは、「たけのこの里」や「ポポロン」、「じゃがりこ」だ。

「美味しい？　僕もそれ、大好きなんだ」

芽依ちゃんが顔を上げ、僕に向かってポポロンをさし出した。

「ありがとう……うん、美味しいね」

お礼を言って口に放り込むと、芽依ちゃんがニコニコする。子供の笑顔はやっぱり和《なご》む。

「香月くんは、じゃがりこ好き？　チーズもいいけど、やっぱりサラダだよね」

お兄ちゃんの方は、話しかけても見向きもしない。まるでヤケ食いみたいに、ひたすら芋《いも》スティックを嚙《か》みくだく。怒っているようなその横顔が、胸に応えた。

央子さんが、どうしてこの二人を放っておけなかったのか、すぐにわかった。

髪の毛から、ぷん、と饐《す》えたにおいがする。着ている長袖Tシャツや短パンも、食べこぼしなどで汚れていた。妹の服も同様だ。女の子の洋服に詳しいわけじゃないけど、わりと凝った服装をしている。ジーンズのミニスカートに花柄のスパッツ、ピンクのハート模様の白いシャツ。ただ、白だけにやはり汚れが目立つ。央子さんの推測どおり、三、四日はお風呂に入らず着替えてもいない――そんな印象だった。

香月くんの、怒った横顔をながめながら考えた。何もきくな、何も話すもんかと、その顔は訴えている。彼はきっと、何かを守ろうとしてるんだ。

その状況を、自分に置き換えてみた。たとえば、何かイケナイことをして補導されたら、こんな顔をしそうな気がする。祖母や両親や、学校に連絡されることが怖くて、まず口を閉ざす。いちばん怖いのは、お蔦さんやお母さんを悲しませることだ。

その考えに至って、思いつきがそのまま口に出た。

「香月くんは、お母さんが大好きなんだね」

彼が初めてふり向いた。怒った顔のまま、僕をじっと見た。ふいに左手を、ずいと突き出す。三本のじゃがりこが握られていた。ありがと、と一本をとって口に入れる。

「うん、やっぱサラダだね。そういえば、じゃがりこでポテトサラダが作れるんだよ。知ってる?」

首を横にふったが、瞳は明らかに食いついている。

「食べたい？　じゃあ、作ろうか」

味違いのじゃがりこが、もうひとつある。たらこバター味だから、タラモサラダになる。

台所に行って、ポットをとってくる。居間のテーブルにポットを据えて、菓子の容器に半分ほどお湯を入れる。

「これで蓋《ふた》をして、三分待つ」

「カップラーメンみたい！」

香月くんの声を、初めてきいた。胸が熱くなるほど嬉しかったけど、素知らぬふりで会話を続ける。

「うん、カップラーメンと同じだね。容器の形も似ているし。そういえば、ポテトサラダ専用の、じゃがりこも出たんだよ。何か名前も違ってて、じゃが……めりこ？　何か違うな」

めりこが受けたらしく、芽依ちゃんが笑い出す。妹の明るい声に、ほっとしたように香月くんの目許《めもと》が弛《ゆる》んだ。まだ五歳なのに、こんなに小さいのに、そんな大人びた表情をされると、こっちが泣けそうになる。

「三分たった？」

「もうちょい。三、二、一……よし、オッケー」

携帯のタイマーを確認し、ゴーサインを出す。蓋を開け、香月くんが中を覗《のぞ》く。

「じゃがりこのまんまだよ。ポテトサラダじゃない」と、不満そうだ。

「混ぜると変わるよ。あ、スプーン忘れてた」

ふたたび台所に行き、スプーンをとってくる。ふたりに一本ずつ握らせる。

「香月くん、混ぜてみて。ゆっくりね」

案外、慎重な手つきで、カップの中を混ぜる。表情は真剣だ。

「あ、ポテトになってきた！」

「だろ？」

「芽依も！　芽依もやる！」

妹に交替し、ほどなくポテトサラダが完成した。ふたりがひとさじずつすくって、同時にぱくりと頬張る。どう？　ときくと、スプーンをくわえたまま、うんうんとふたりがうなずく。気に入ってくれたようだ。

「それ、あたしも一度、食べてみたかったんだ。ひと口、いい？」

ちゃっかりスプーンを手に、央子さんが覗きにきた。

「すごい！　本当にポテサラだ。クセになるね、この味」

そのタイミングで、真淵さんが居間に来た。香月くんの前で腰を落とし、優しい口調でたずねた。

「香月くん、お母さんの名前、教えてくれる？」

とたんに表情が、もとの怒った顔に戻ってしまった。

「お母さん、もしかしたら、帰りたくても帰れない事情があるのかもしれない。これからお母さんを探すからね、香月くんも、お母さんに会いたいだろ？」

刑事さんから顔を逸《そ》らし、妹の手を握った。

「芽依、帰るぞ」

「えーっ、まだ食べてるよう」

「いいから、ほら！」

強く引いた拍子に、芽依ちゃんの手からスプーンが落ちた。うえぇ、と泣き出した妹を、構わず連れ帰ろうとする。

「だったら、家まで送るよ。もう暗いからね」

「いい！　家近いし」

「じゃあ、あたしが送っていくから、ね、そうしよ？」

央子さんの申し出もすげなく断られ、妹を引っ張って玄関へ向かおうとする。

しかし廊下には、最大の難関が控えていた。腕組みをして立ち塞がるお蔦さんだ。

「どけよ、クソババア！」

この程度で、お蔦さんが怯《ひる》むと考えたなら、まだまだ可愛らしい。仁王立ちになったお蔦さんに見下ろされる香月くんに、つい同情した。子供の頃から、あれくらい怖いものはなかった。

「あたしゃ、子供が嫌いでね。子供くらい手間がかかって七面倒くさいものはないからね」

「お蔦さん、そんなはっきり言わなくても」と、央子さんがおろおろする。

子供に喧嘩《けんか》を売るなんて、うちの祖母くらいのものだ。

「だからあんたの母親は、すごいと思うよ」

話の文脈が合わない。それでも香月くんには、何かが刺さったらしい。怒りとは違うものが、小さな背中にただよった。

「たったひとりで、ふたりの子供の面倒を見るなんて、あたしにはとうていできないからね。あたしにも子供がふたりいるけどね、たくさんの人に手伝ってもらって、どうにか育てることができた。でもお母さんは、ひとりで全部やっていたんだろう？　とてもとても、すごいことだよ」

少なくとも、母親を褒《ほ》めていることは察したのだろう。香月くんが、こくんとうなずく。

「そりゃ、たまには気晴らしだって行きたくなるさ。それがちょいと、長くなっちまったようだがね。香月も、そう思っているんだろ？」

名前を呼ばれて、ぶるっと兄のからだが震えた。

「だから、お母さんを許しておやり。お母さんは、あんたたちを嫌いになったわけじゃない。大好きだからこそ、ちょっとのあいだだけ休暇をとったんだ。ほら、お母さんには休みがないだろ？」

「……ほんと？」

香月くんが、それまでとは打って変わった、怯《おび》えるような声でたずねた。

「お母さん、僕や芽依を嫌いになってない？　嫌いになったから、出ていったんじゃない？」

「あたりまえだろ！」

お蔦さんは力強く請け合って、子供の前に膝をついた。

「お母さんにとって、香月と芽依は宝物だ。ふたりを見れば、よくわかる。お母さんは、あんたたちが大好きだよ」

ひくっと肩が上下して、たちまち大きな泣き声があがった。顔を天井に向けて、香月くんは大泣きしている。つられて妹まで泣き出した。

泣かないで、とは誰も言わなかった。香月くんは、ようやく子供に戻れたんだ。

香月くんは、きっと怖くて怖くてたまらなかったんだ。置き去りにされたんじゃないか、どうしてずっと怒った顔のままでいたのか、僕にもわかったような気がした。

捨てられたんじゃないか、嫌われたんじゃないか――大好きなお母さんに。

泣いたら、認めたら、立っていることすらできなくなる。

香月くんが怒りをぶつけたかったのは、もしかすると自分だったのかもしれない。そう考えると、たまらなくなる。

子供を泣かせておいて、後の面倒を見るつもりは祖母にはさらさらない。何とかしろとこちらに目配せを送る。

ヨシボン刑事が香月くんを、央子さんが芽依ちゃんをなだめて、ふたりをひとまず神楽坂署に連れていった。

母親が帰ってきたのは、その二日後だった。

「そりゃあもうすごい剣幕で、お蔦さんに雷を落とされてさ。署内中に響きわたって、署長が慌てて署長室から出てきたほどだったよ」

母親が見つかったら必ず連絡しろと、祖母は真淵さんに厳命していた。そして連絡が入るなり、神楽坂署に直行した。

「幼児を置き去りにするなんて、たとえ一日だって許せないからね。僕ら署員も頭にきてたけど、お蔦さんの叱りようが容赦《ようしゃ》なくて、気の毒になったほどだよ」

見かけは完全にギャル風の母親は、新しくできた彼氏と旅行に行っていたという。

最初は一泊のつもりで、五歳児ながらしっかり者の長男にお金を渡し、いつものコンビニでご飯を買うように言って家をあけた。ずるずると連泊し続けたのは、彼氏との旅行が思った以上に楽しかったことに加え、祖母の読みどおり、育児に疲れきっていたこともある。

「ハンオペだか何だか知らないが、ひとりきりで子供を育てられるわけがないんだよ。どうしてそこのところが、わからないかね」

「お蔦さん、ハンオペじゃなく、ワンオペね」

昨今よく叫ばれるワンオペ育児は、ひとり親世帯に限らない。配偶者がいても仕事が忙しいとか単身赴任とかで、仕事と家事、育児の全てをひとりでこなさなければならず、たいがいの場合は母親が担う。

商店の場合は、店という職場と家が合体しているだけに、ワンオペにはなりようがない。

多喜本履物店も例外ではなく、子育てはむしろ祖父がメインで担っていて、ご近所衆にも大いにお世話になって、僕のお父さんは育ったそうだ。だからよけいに、親がひとりで無理をするワンオペ育児という現状が、祖母には腹立たしくてならないようだ。

「ワンでもハンでも、どっちだっていいんだよ。子供を置き去りにするより前に、どこかに預けるなり誰かに助けを求めるなり、いくらだってやりようがあるじゃないか」

「いまはそういうことが、案外難しい時代ですから」

夜間だと、認可保育園に預けることもできず、認可外でしっかりした施設は金額で折り合いがつかない。行政のサポートを受けるには、かなり込み入った手続きや書類に加え、自治体ごとにルールが違うから知識も必要となる。そういうことが苦手な人には、ハードルが高い。真淵さんが、そういう事情を説明してくれた。

「親としては、てんでなっちゃいないから、そこのところはきつく灸《きゅう》を据えたがね。ただ、世間が押しつける古くさい母親像も、あたしゃどうかと思うよ。結局、母親が窒息しかけて逃げちまったのも、もとを辿《たど》ればそこに行き着くからね」

「少なくともあの母親は、子供を大事に思っていた。それがせめてもの救いですね。香月くんと芽依ちゃんを抱きしめて、泣きながら謝ってましたから」

真淵さんが、そのときのようすをしんみりと語る。

「また、遊びにこないかな。香月くんの笑顔、見てみたいし」

「望が世話を引き受けるなら、呼んでも構わないがね」

そこのところは、しっかりと釘をさす。

真淵さんが帰り、入れ違いでまた来客があった。

「おや、楓じゃないか。めずらしいね、週に二度も顔を出すなんて」

どぎまぎする僕の代わりに、お蔦さんが相手をする。

「また、奉介と約束があるのかい?」

「ううん、今日はお蔦さんに、お土産をもってきたの。この前は売り切れてて、買えなかったから」

楓がさし出したのは、銀杏だった。

「銀杏て、一個ずつ殻を割るんだね。結構、面倒そう」

ペンチでひとつずつ殻を割る僕の手許を、楓がめずらしそうにながめる。封筒に入れてレンジでチンする方法もあるけど、僕は案外この作業が嫌いじゃない。僕が割れ目を入れた銀杏の殻を、楓がとなりで剝《む》いてくれた。ベージュ色の殻から現れた実は、茶色い薄皮を被っている。何だか香月くんを思い出し、ふっと笑みがこぼれた。

「この前話したちっちゃい兄妹、覚えてる? お母さんが無事に帰ってきてさ」

香月くんと芽依ちゃんが警察署に連れていかれた後で、楓と奉介おじさんは帰ってきた。

だから会ってはいないけど、楓はとても身を入れて話をきいてくれた。

「よかったあ、お母さんが帰ってきて。どんなに不安だったか、あたしもわかるから」

思わずとなりをふり向いていた。楓もあの兄妹と同じ身の上だ。父親が三歳でいなくなって、母親に育てられた。わかっているつもりでいたけれど、ただ、不安の色や形までは、同じ境遇でなければ把握しきれない。

「ひとりで留守番してるとね、たまに不安になった。このままお母さんが帰ってこなかったらどうしようって、玄関の外まで何度も見にいったりして」

楓がうちに来たのは、お母さんが重い病気を患《わずら》ったときだ。小さい頃の記憶を頼りに、たったひとりで店を覗きにきた。あのときの不安が、どんなに大きなものだったか、いまになって胸に迫った。

「だからね、あたしみたいな子供たちの助けになりたいなって、思ったんだ」

「えっと……何の話？」

「塾に通えない子供たちに、勉強を教えるの。そういうボランティアがあって、週末にやってみることにしたんだ。一昨日ね、そのＮＰＯの人に神楽坂で会ったんだ」

「そ……」

そうだったんだ！　との叫びを辛うじて呑み込んだ。

楓が会っていた男性は、ＮＰＯの職員で、清宮高校のＯＢだった。

「クラスで仲のいい友達が、清宮のボランティア部でね、そこに誘いがあったの。小学生限定で教えてくれる高校生を探してるって。その子の話をきいて、あたしもやってみようかなって。で、一緒に話をききにいったんだ」

僕は内心で、自分の早とちりを反省した。カップルに見えたけど、楓のとなりにもうひとり、同じ制服を着た友達がいたらしい。たぶん柱の陰になって、見えなかったんだ。

安堵《あんど》のあまり、頰がだらしなくゆるむ。楓には見せたくなくて、殻を除いた銀杏をボウルに入れて、台所に立った。

「経済的に塾通いできない子は、やっぱり片親が多いんだって。他人事《ひとごと》とは思えなくて。先生なんてできるかなって、ちょっと心配だったけど、歳が近い方が子供が打ちとけてくれるから、話し相手になるだけでもいいんだって。だからやってみようかなって」

心地好い声を背中でききながら、フライパンで銀杏を炒《い》る。

茶色い薄皮が剝がれて、きれいな翡翠《ひすい》色の実が鍋の上ではねた。やっぱりその実が、香月くんに見えてくる。

「この前は芋と栗で、今日は銀杏か」

風情には欠けるが、ひとまず秋の味覚がそろった。

においなんてしないはずなのに、誘われたように祖母が台所に顔を出した。

山椒《さんしょ》母さん

学校から帰ると、めずらしい事態が起きていた。

「ああ、望《のぞむ》、遅いじゃないか！」

「いや、いつもどおりだけど……」

「大事なお客さまがいらしてるんだよ。いいかい、決して粗相《そそう》のないように！　ええっと、お茶菓子は何がいいかね……ああ、思い出した！　あたしと同じで根っからの辛党《からとう》なんだよ。お煎餅《せんべい》でいいかねえ……バリバリの固焼きじゃあ、あのお歳の人にはまずいかねえ」

この祖母が、本気で慌てている。たとえ火事場でも、冷静を通しそうな人が、見たこともないほどテンパっている。ちょっと面白い。

居間の引き戸は閉ざされているから、姿は見えないけれど、いまの話からすると、祖母よりもさらに年季の入った御仁《ごじん》のようだ。

と、ながめていた引き戸が内から開いて、勝乃《かつの》姐《ねえ》さんが出てきた。

「ちょいと、いつまでふたりぎりにしておくんだい！　間がもたないじゃないか」

「こんにちは」

「おや、ノゾミちゃん、いま帰ったのかい。ノゾミちゃんがいてくれりゃ安心だ。蔦代《つたよ》ときたら、茶の一杯でもたもたしちまって」

「うるさいね、お茶請《ちゃう》けで悩んでいたんだよ。下手《へた》なものは出せないからね」

「忘れちまったのかい？　お母さんの茶請けは、梅干しと漬物と決まっていたじゃないか」

「ああ、そうだった！　うちのお母さんが漬けた梅干しが何より好きで……ひとまず、我が家の梅干しで代用しようかね。望、漬物はないのかい？」

「無理だよ、うちは糠床《ぬかどこ》ないし」

「漬物はさっきうちで出したから、塩昆布《しおこんぶ》でも添えたらどうだい？」

勝乃姐さんの助言で、お茶請けが決定し、お蔦《つた》さんがひどく真剣な顔つきで茶を淹《い》れはじめた。

「で、勝乃姐さん、お客さんて誰？」

「うちの置屋《おきや》のお母さんだよ。急に訪ねてきなすってね、慌てちまったよ」

「だからといって、ふいに連れてこられちゃ、こっちがあたふたしちまうじゃないか」

「その顔が見たくてね。せっかく神楽坂《かぐらざか》にいらしたんだ、素通りさせるわけにはいかないだろ」

「あんたの底意地の悪さは、先刻承知だがね」

「そりゃ、お互いさまだろ」

お蔦さんと勝乃姐さんは、ともに若い頃、神楽坂で芸者をしていた。が、見てのとおり、寄るとさわるとこの調子で、気が合うとは決して言えない。まあ、喧嘩《けんか》するほど仲がいいってところか。勝乃姐さんは未だに現役で、神楽坂芸妓《げいぎ》組合の組合長もしている。

置屋とは芸妓を抱える家のことで、昔は神楽坂にも何軒もあったそうだ。何人かの朋輩《ほうばい》芸者とともに姉妹のように一緒に暮らし、だから芸妓を預かる置屋の女将《おかみ》さんは「お母さん」と呼ばれる。いまでも京都に行けば、舞妓《まいこ》さんを抱える置屋が存在している。

お蔦さんと勝乃姐さんは、違う置屋で世話になっていたけれど、互いの置屋がごく近く、それぞれの「お母さん」とも、やはり近しい間柄だった。

「お蔦のところのお母さんは、そりゃ優しくてね。羨《うらや》ましく思えたもんさ」

「てことは……いま来てる勝乃姐さんのお母さんは、厳しかったってこと？」

『そりゃあもう！』

小声ながら、見事にふたりの返事がかぶる。

「あたしたち芸妓のあいだでは、『山椒母《さんしょ》さん』て呼ばれていてね」

「山椒は小粒でもピリリと辛いってことさね」

お蔦さんが小粒と言ったわけが、その後わかった。祖母がお茶を出すときに、僕も挨拶《あいさつ》をした。

小さなおばあさんが、ちんまりとソファに座っていた。

渋い山吹茶《やまぶきちゃ》の着物に濃茶の帯、真っ白な髪は首の後ろでお団子に結っている。

「こんにちは。蔦代の孫の望です」

僕としては、最高に気を遣ってお辞儀《じぎ》したつもりだ。しかし直ちに突っ込みが入る。

「いまどきの若い子は、挨拶の仕方も知らないのかい」

これ以上、どうすれば？　思わずきょとんとする。僕の代わりに大いに慌てたのは、お蔦さんだ。

「すみません、お母さん。ほら、望、座って！」

「座るって、ソファに？」

「違う、床だよ。床に座って、ちゃんと挨拶おし！」

――ソファに座ったお客さんに対して、床から挨拶するってどうよ。

との文句は堪《こら》えて、祖母に言われたとおり、カーペットに正座してもう一度頭を下げる。

それでも及第点はもらえなかった。

「不格好なお辞儀だねえ。冬眠前の蛙《かえる》の方が、まだましさね」

たしかに山椒だ。実は小さいのに、なかなかに辛い。

昔風の礼儀作法は、僕らからすれば意味がわからない。このシチュエーションも何だかおかしくて、思わず笑いが込み上げた。吹き出さないよう口許を引きしめて、急いで居間から退散する。

もうひとつ、笑いのツボになったのは、その口調だ。

お蔦さんの口ぶりに、びっくりするほどよく似ていた。

もしかすると、祖母の辛口のルーツは、この人かもしれない。そう考えるとますます笑えてきて、二階の自室に行ってからもしばらく顔がにやついた。

とはいえ、いつまでも自室に籠もってもいられない。部活の後だから、家に着いたのは午後六時前。すぐに夕食の仕度にかからないと。

「夕飯、何にしよ。山椒なら、四《し》川《せん》風麻婆《マーボー》豆腐《どうふ》とか……ちりめん山椒もいいな」

つい山椒メニューが浮かんだが、肝心のことを確かめるのを忘れていた。

「お客さんも、うちで食べるのかな？　それとも三人で外食かな」

制服を着替えて階段を下りていくと、足音で気づいたのか居間からお蔦さんが出てきた。

ふと思い出して、たずねる。

「そういえば、店は？」

「早仕舞いしちまったよ。それどころじゃないからね」

祖母が営む多喜《たき》本《もと》履物店は、夜七時までが営業時間なのに、一時間も早く閉めたという。

個人経営とはいえ、営業時間だけは案外きっちりしている。早仕舞いするのはやはりめずらしいが、それだけ山椒母さんは、祖母にとってもよほど怖い人らしい。

「そんなことより、『ねぎ亭』に電話して、座敷を取っとくれ」

「わかった。じゃあ、夕飯はなしだね」

主夫にとっては、何よりありがたいお達しだ。

歩いて三分の高級料亭に、三人分の予約をとってから、台所の棚を物色した。

「マー油とんこつとネギ味噌《みそ》、どっちにしよう。この蒙古《もうこ》タンメンも捨てがたい。あ、旨辛《うまから》焼きそばも気になる！」

祖母が好まないだけに、カップラーメンは僕にとってたまの贅沢《ぜいたく》だ。奉介《ほうすけ》おじさんはいつ帰ってくるかわからないし、カップ麺《めん》でも文句は言わない。

迷いに迷って、結局、山椒に引っ張られ、『四川麻婆麵』にした。

「麻婆麵なら、やっぱおにぎりより炒飯《チャーハン》かな」

おにぎりで済ませれば楽なのに、うっかり調理に走ってしまうのは、料理人の悲しい性《さが》だ。滝本《たきもと》家の食い気の遺伝子は、僕にも受け継がれているだけに仕方ない。

ほどなく祖母が、勝乃姐さんとお母さんとともに出掛けていくと、さっそく炒飯にとりかかった。

卵とネギだけのシンプルなものも好きだけど、今日は冷凍のシーフードを加えることにした。海老と浅利と烏賊《いか》で、解凍したシーフードには、料理酒を少々かけておく。シーフードの水分には旨味が含まれているから、あえて除かない。要は強火にして、蒸発させればいいだけだ。

油はゴマ油もいいけれど、今日はふつうのサラダ油にした。

卵は最初に炒《いた》めて、ふんわりをキープするためには、いったんとり出すものらしいが、うちではそのまま具材を投入する。祖母はふんわり卵が嫌いで、僕も手間が省ける。

ネギもみじん切りではなく、火を通すとしんなりするから斜め切りで十分だ。ネギ、シーフード、彩りのために青梗菜《チンゲンサイ》の葉の部分も入れた。

僕の場合は、ここで味付けをしておく。塩とコショウに、粉末のコンソメを少々。粉末コンソメはものすごく便利だ。炒め物には、何でも使える。塩だけだと尖《とが》った味になるが、コンソメを入れると味に深みが出てまろやかになる。甘党なら、オイスターソースを加えるのも有りだ。

それからご飯を投入して、炒める。

僕はあんまり力がないから、左腕で鍋をふるのは結構な重労働だ。それでもこれだけは、祖父や父の鮮やかな鍋ふりに憧れて、散々練習した。上手くできるようになったいま、この作業をするたびに、ちょっと誇らしい気持ちがわく。

仕上げにナンプラーを垂らす。嫌いな人は醤油《しょうゆ》でもいい。

カップ麺にお湯を注ぎ、三分待つあいだ、炒飯を味見した。

「旨い！　おれって天才！」

ひとり飯も、嫌いじゃない。これもある意味、たまにしかない贅沢だ。

携帯をテーブルに置いて、動画を見ながら麻婆麵をすすり、炒飯を平らげた。

僕が食べ終わって洗い物を片付けたところで、奉介おじさんが帰ってきた。タイミングの悪さは、いつものことだ。

「あれ、ひとり？　お蔦さんは？」

「勝乃姐さんとお客さんと、ねぎ亭」

「そいつは豪勢だな。望くんひとりなら、もっと早く帰って来ればよかったね」

「もう高校生なんだから、ひと晩だって平気だよ」

口を尖らせると、おじさんがにこにこする。完全に子供扱いだ。

「そういうわけで、今日は超手抜き。カップ麵と炒飯だからね」

「十分だよ。カップ麵、何にしようかな。この前迷った麻婆麵がいいかな」

「おじさんてホント、間の悪さは天下一品」

奉介おじさんがネギ味噌ラーメンと炒飯を食べるあいだ、僕はさっきの話を披露《ひろう》した。

「へぇえ、お蔦さんがそんなに慌てて？　それは見たかったなあ。やっぱり早く帰ればよかった」

ひとりも気ままだけど、こうしてその日の出来事を語るのも楽しい。

夜はゆっくりと更けてゆき、お蔦さんが戻ったのは十時過ぎだった。

「はああ、散々だったよ。お母さんに叱られどおしでさ。ちょいと奉介、コーヒー淹れとくれ。望、何か控えめな甘味《かんみ》はないかい？」

お蔦さんが甘味を欲しがるなんて、年に数えるほどだ。よほど参っているんだろう。

十枚重ねた座布団の上に、さっきのおばあさんがちんまり座って、その下で祖母と勝乃姐さんが、米搗《こめつ》きバッタのごとく畳にひれ伏している姿が浮かび、またぞろ笑いが込み上げた。

おじさんがコーヒーメーカーを仕掛け、僕はおやつストックの中からいくつか見繕《みつくろ》った。

この家の主人が甘味嫌いなわりにストックが多いのは、ご近所衆がもち込んでくるからだ。滝本家には甘いものがないと見込んで、好きなお菓子やいただきものなどをせっせと運んでくれる。

祖母はフルーツたっぷりのブランデーケーキをひと切れと、トリュフチョコレートをひとつつまんだ。

チョコは一目で高級とわかる箱に、七個のくぼみがあり四個残っている。たぶん、とんでもなく高い代物なんだろう。いつも思うけど、高級チョコの値段の高さには度肝を抜かれる。

「前から気になってたんだけど、トリュフチョコってトリュフが入ってるの？」

「いや、形がトリュフに似ているから、そう呼ばれているだけだってきいたよ」

高級チョコとは縁がなさそうなおじさんがこたえて、自分もひとつ口に放り込む。

「美味《おい》しいね、これ。シャンパンが利《き》いてる」

「じゃ、僕も」

ココアパウダーがまぶされたボール形のチョコを口に入れる。洋酒の香りが立って、思ったほど甘くない。何というか、大人な味がした。ついつい手が伸びて、最後のチョコも僕が消費した。

チョコとケーキを食べ終えても、祖母の表情はいまひとつ冴えない。

「お母さんから、宿題をもらっちまってね。勝乃ときたら、その面倒事を押しつけるつもりで、うちに連れてきたんだよ。あたしゃ、探偵でも興信所でもないってのに」

「それって……何か調べてほしいってこと？」

「ああ、お母さんは、人を探すために東京に来たんだよ」

そのとき初めて、山椒母さんの名前をきいた。原田十喜子《はらだときこ》さんという。きれいな名だ。

置屋の名は、『やま乃《の》』。勝乃姐さんの乃も、その一字をもらって付けられた。

十喜子さんは置屋を廃業した後に、遅い結婚をした。子供はおらず、つれあいも七年前に亡くして、いまは仙台でひとり暮らしをしていた。

「人探しって、誰？」

「それがね、お母さんの置屋にいた、勝乃の姐芸者なんだよ」

芸名は初乃《はつの》。本名は吉池波津《よしいけはつ》さんといって、やはりきれいな名だ。

「お蔦さんも知ってる人？」

「ああ、あたしと勝乃は、同じ年に芸妓見習いを始めたからね。初乃姐さんは、ことに踊りの名手でね。なのにあたしたちが入って、一年くらいだったかね。置屋をとび出して、行方知れずになっちまった」

十喜子さんが厳しい人だっただけに、家出をする芸妓は結構いて、それでも行先はたいがい見当がつく。祖母のいた置屋はやま乃とはごく近所で、穏やかなお母さんだっただけに、駆け込み寺みたいに、よくやま乃の芸妓が逃げてきたという。

「やま乃はことに、踊りの達者《たっしゃ》が多くてね」

「踊りが上手いってことは、都《みやこ》姐さんみたいな？」

いまの神楽坂花柳《かりゅう》界では、群を抜いて上手い踊り手だが、やま乃には同じくらい達者な姐さんが何人もいたそうだ。

「芸妓の基礎は踊りだと言って、あのお母さんが厳しく仕込んでいたからね」

稽古が終わってから、毎日のようにお母さんの前でおさらいさせられて、若い妓《こ》ですら音《ね》を上げていた。やま乃の厳しさは、当時の神楽坂でも評判で、噂《うわさ》になっていたという。

「まあ、その甲斐《かい》あって、勝乃も若い頃はなかなかだったよ。いまはだいぶ足腰が立たなくなったがね」

とりあえず、勝乃姐さんへの嫌味だけは忘れない。

「どうしてわざわざ、いまになって初乃さんを？」

「何か渡したい物があると言ってね……おそらくは、心残りなんだろうね」

「ですが、何十年も前に置屋を出た人を探すとなると、大変ですね。それこそ興信所のプロに任せた方がいいのでは？」

奉介おじさんの助言はもっともで、僕もうなずいた。

「あたしだって、そのくらいわかっているよ。それを勝乃が、安請け合いしちまって」

十喜子さんが、勝乃姐さんを訪ねたのにはわけがある。初乃さんが、入ったばかりの勝乃姐さんを、たいそう可愛がっていたからだ。

「勝乃に踊りの才があると言って、最初から目をかけていたそうでね。なにくれとなく世話をしてくれたと、勝乃も有難がっていた」

「それで勝乃姐さんのところに……じゃあ、何か手掛かりは？」

「ひとつだけ、あるんだ。何年か前……といっても、かれこれ十年くらいは経つんだがね。勝乃宛に、初乃姐さんから葉書が届いたんだ。宛先は、神楽坂芸妓組合でね」

「ああ、わかった！　きっと組合のサイトを見て、手紙をくれたんだよ」

「組合長として、勝乃姐さんの写真も載ってるからね」

と、僕とおじさんがうなずき合う。勝乃姐さんは、その話を十喜子さんにも伝えていた。

「だったら、話は簡単だよね。その葉書にある住所に、行ってみればいいよ」

「そうは問屋が卸さなくてね。所在については、『八王子《はちおうじ》にて』で終わってるんだよ」

勝乃姐さんから借りてきたというその葉書を、お蔦さんが見せてくれる。

差出人は、昔の芸妓名の「初乃」とされていた。

「本当だ……八王子って、東京の八王子だよね？」

「これでは探しようがありませんね」

八王子市は、人口五十数万人。しかも面積は、奥多摩《おくたま》町に次いで都内二位を誇る。新宿《しんじゅく》区の、ざっと十倍の広さだ。つい大きなため息をつく。

「文面の中に、何か手掛かりになりそうなことは？」

気をとり直して、おじさんがたずねた。

「それもあいにくと。時候の挨拶と、勝乃への激励だけでね。勝乃が未だに、神楽坂で芸妓を続けているのが、よほど嬉しかったみたいだね」

他人の手紙を読むのはいけないことだと教わったけど、葉書だと何となく罪悪感も軽減する。たしかに、お蔦さんが言ったとおりの文面で、昔風の達筆だから、僕にはちょっと読みづらい。苦労しながら読み進み、僕が最後まで行き着く前に、奉介おじさんが声をあげた。

「これ……手掛かりになりませんかね？」

おじさんは、葉書の終《しま》いの辺りに書かれた一文を指で示した。

『私もやっぱり、いまも踊っています』

「踊りというと、日舞《にちぶ》ですよね？　八王子市内の日舞教室をあたれば、探し出せるかもしれませんよ」

「わかんないよ。シニア層に人気の、フラダンスかもしれないし」

「ええ？　そこまで広がると、手のつけようがないけどさ」

僕が茶化すと、とたんに気弱になる。お蔦さんは、少し考えてから口を開いた。

「ちょいと大掛かりにはなるけれど、それより他に手立てはなさそうだね」

「本気で八王子中の日舞教室を探し歩くつもり？」

「あたしらも歳だからね、歩きゃしないよ。片っ端から電話をかけてきいてみるのさ。吉池波津という名に、心当たりがないかってね」

「それ、まずくないですか？」と、おじさんが案じ顔になる。

「結婚してたら、姓が変わって吉池さんじゃないってこと？」

「いや、そうじゃなく、名前を方々にさらしてしまうことになるだろ。ご本人にとっては迷惑になりそうで。それに、いまどきは個人情報のあつかいに慎重だから、先方にも警戒されるんじゃ？」

おじさんの心配は、もっともだ。僕もひとつ、別の懸念材料を見つけた。

「住まいは八王子でも、仕事場が市内とは限らないよね？　都心も十分あり得るし、もしかしたら、横浜《よこはま》方面かも」

八王子駅からはＪＲ横浜線が通っている。都内全域に、神奈川県まで加わっては、あまりに数が多い。

しかし祖母には、勝算があるようだ。

「日舞の世界ってのは、案外狭くてね。こういうときのために、肩書ってもんがあるんだよ。せいぜい役に立ってもらわないと」

目だけでにんまりする。祖母がこの顔をしたときは、背中がぞくぞくする。期待半分、懸念半分のぞくぞくだ。おじさんと、つい目配せを交わし合う。

「望にも、頼みたいことがあってね」

「いいよ、なに？」

ふたつ返事で引き受けたのは、期待の方が勝っていたからだ。

「お蔦さん、どうだった？」

翌日、家に帰ると、いちばんにたずねた。

「残念ながら、見つからなかったよ」と、祖母がため息をつく。

「そっかあ、空振りかあ」

「大きな家元には、残らず当たってみたんだがね」

「てことは、小さい流派か、我流ってことかな？」

「まあ、そうなるのかね。これ以上は、探しようがないね」

日舞の世界には、名取《なとり》という制度がある。習った期間と技量が認められれば、その流派にちなんだ名を与えられる。だから「名取」という。名取になれば、どこどこの流派の名取ななにに、というように、「特技」ではなく「資格」として履歴書に書くことができるというから、ちょっとすごい。

ただ、教えるためにはその上の「師範《しはん》」を目指さなくてはならない。つまり名取のうちは、あくまで生徒ということだ。

初乃さんが、教える側なのか生徒の立場なのかはわからない。それでも流派の事務局に当たれば、探し出せるかもしれないと、お蔦さんは踏んだのだ。

そして祖母がフル活用したのは、神楽坂芸妓組合長という、勝乃姐さんの肩書だった。

『来春四月の神楽坂をどりに、ぜひお招きしたい踊り手さんがおりまして。たしかそちらのご流派だったと記憶しておりましたが、ご確認をお願いできませんでしょうか？ 名前は吉池波津さん。吉池は旧姓なのですが、波津は波に津々浦々《つつうらうら》の津と書きます』

神楽坂をどりは、組合主催で毎年行われる、神楽坂芸妓の発表会だ。唄や踊り、三味線《しゃみせん》や太鼓などを披露する。

「実際に初乃姐さんを呼べば、嘘にはならないだろ？」

祖母はその方便を通すことにして、僕に命じられたのは名簿の作成だ。主だった日舞の流派の東京事務局と、八王子市内の日舞教室の連絡先を携帯で調べて一覧にした。

「八王子でだめなら、捜索範囲を広げた方がいいかな……多摩とか町田《まちだ》とか……いや、八王子からなら、中央線沿線か？」

「勝乃はすでに音を上げていたよ。十軒ほど電話をかけただけで、だらしない」

「いや、今回いちばん働いてないの、お蔦さんだし」

「失礼な。あたしだって勝乃のふりで、三軒もかけたんだからね」

「三軒で威張らないでよね。ええっと……中央線の方向なら、と……」

ポチポチと携帯で検索していて、ふと気づいた。

「そういえば、ここは入れてなかった。ためしに、どうかな？」

「そんな小ちゃい文字、見えやしないよ」

携帯の画面には、あからさまに拒否反応を見せる。

僕が見つけたのは、八王子のカルチャースクールだ。新聞社やテレビ局の主催するスクールがいくつかあって、日舞も漏れなく入っている。画面をスクロールしながら講座を確かめていったが、どこも先生は、有名な流派の師範ばかりだ。

「ちょっとお待ち！」

祖母の鋭い声が、僕の手を止めさせた。

「いまの顔……それじゃないよ、もっと手前に戻しとくれ」

下に向かってスクロールしていた画面を、上に戻す。教室の模様と、師範の顔写真が並んでいた。老眼だけに、離すと見える。僕の肩越しに、遠目に画面を見ていたのが幸いした。僕がその顔写真を画面いっぱいになるよう広げて、祖母が老眼鏡をかけてじっくりと見分《けんぶん》する。

「初乃姐さんだ……間違いないよ」

昔、芸妓だったということもあって、祖母は一度見た顔は忘れない。

「あれ、この人……師範ではあるけど、メジャーな流派じゃないや」

カルチャースクールの先生としてはめずらしい。どうりで電話作戦では、当たりが出なかったはずだ。

「勝乃に知らせないと……もう、あたしが電話した方が早いかね。望、連絡先！」

祖母がバタバタし始めて、僕は電話番号を紙に書いて渡した。

その日のうちに先方と連絡がついて、初乃さんは翌日の土曜日、うちを訪ねてきた。

「蔦ちゃんから電話をもらったときは、びっくりしたわ。まさかあの葉書から、辿《たど》り着くなんて思わなかった」

初乃姐さんは、祖母よりも五つほど歳上だそうだが、日舞を続けているだけあって身ごなしは若々しい。

「勝乃ちゃんも、しばらくぶりだわね。勝乃ちゃんがいまも神楽坂にいて、おまけに芸妓のとりまとめ役だなんて……何だか感動しちゃって。それでつい便りを書いてしまって」

「あたしも初乃姐さんから便りをもらって、本当に嬉しかった。組合長になりたての頃だったから、何よりの励みになりました。できれば返事を出したかったのに、できなくて……」

案外、情にもろい勝乃姐さんは、すでに涙目になっている。

「ごめんね、やっぱり逃げ出した負い目があって……いまさらだけど、誰よりもお母さんに申し訳なくて……」

「初乃姐さんを探してほしいと頼んできたのは、そのお母さんですよ」

え、と初乃さんが、驚いた顔を祖母に向ける。

お母さんも、そろそろここに着く頃だときかされて、急に初乃さんがそわそわし始める。

「どうしよう……きっとこっぴどく怒られるわね。でも、仕方ないよね、あんなひどい別れ方をして……お母さんにも、どんなに迷惑をかけたか」

「姐さん、どうして……どうして黙っていなくなったりしたんです。几帳面《きちょうめん》な姐さんらしくないよ。せめて一言くらい……」

「ぎゃあぎゃあとうるさいね、勝乃は。そんなの、よほどの事情があるからに、決まってるじゃないか」

目をうるませる勝乃姐さんに、お蔦さんが容赦《ようしゃ》のない横槍を入れる。

「なんだい、その言い草は！　蔦代ときたら、本当に昔から情緒の欠片《かけら》もない」

「あんたが喚《わめ》いていたら、初乃姐さんは何も言えやしないよ。どうしてわかんないかね」

いつもの口喧嘩が始まった。こういうところは、まったく大人げない。

だが、今日はめずらしく、途中でぴたりと止まった。初乃姐さんが、笑い出したからだ。

「変わんないね、ふたりとも。昔から、顔を合わせるたびにこの調子で……」

控えめな笑いは長く続き、それを収めたときは、どこかすっきりしていた。

「あたしが逃げ出したかったのは、十喜子母さんでも置屋でもなく、実家なの」

「実家って、初乃姐さんの？」

「そうよ、勝ちゃん。あのときね、田舎の家から帰ってこいと言われていたの。それがどうしても嫌で、あたしは逃げ出したの」

「そんなにひどい家だったんですか？」と、祖母が問う。

「いいえ、ごくふつうの家。父は勤め人で母は家にいて、幼い弟と妹がいた。別に苛《いじ》められていたわけでもないし、逆に気を遣われていたほどよ。あたしだけ、母親が違ったから」

ああ、と聞き手のふたりが納得する。

本当のお母さんは病気で亡くなって、初乃さんが八歳のとき、お父さんが再婚した。新しいお母さんは、いま思えばいい人で、懸命に母親になろうとしたが、初乃さんにはかえってそれが気に入らなかった。事あるごとに反抗し、父に怒鳴られ母を泣かせた。

「中学の終わり頃に、ふと気づいたの。あたしさえいなければ、この家は平和になるって。頭のどこかでは悪いとわかっていても、その頃は感情を制御できなかった」

「感受性の強い子供には、よくあることですよ」と、お蔦さんはうなずいた。

「だから卒業したら家を出ようと決めたのよ。できれば好きな日舞で、身を立てたかった」

日舞は亡くなったお母さんが好きで、初乃さんも小さい頃から習っていたのだそうだ。ただ、名取や師範になるには、とんでもなくお金がかかる。十代ではとても無理で、だから芸者になろうと決心して、両親の反対を押し切って上京した。

「十喜子母さんは、踊りにもしつけにも本当に厳しかったけど、あたしにはそれが有難かった。だって誰にでも平等に、厳しかったでしょ？」

たとえ客に人気のある姐芸者であっても、決して贔屓《ひいき》をしない。少しでも芸に弛《ゆる》みが出ると、遠慮なく叱責する。山椒母さんは、爽快なまでに己の筋を通した。

「たしかに山椒は、後口《あとくち》がすっきりするけどねえ……」と、祖母が微妙な顔をする。

「たぶんあたしは、腫物《はれもの》みたいにあつかわれることが嫌だったのね。全部自分の意固地が招いた結果なのに、どうしても素直になれなかった」

何も考えず稽古に明け暮れするうちに、初乃さんはひとつの真理に辿り着いた。

「意地は他人に向けるのでなしに、己の芸に張れ。あたしは十喜子母さんから、そう教わったような気がするの」

意地は己の芸に張れ。ちょっと名言だ。

僕は台所にいて、手だけ忙しく動かしながら、耳は居間の会話に集中していた。

初乃さんは十五歳から二十歳まで、五年のあいだやま乃にいた。けれど二十歳のとき、実家から急に帰省するよう促された。

「義理の母がね、結核《けっかく》で入院したの」

結核の治療は、長くかかる。弟妹もまだ小学生だし、お父さんひとりでは家事と育児は支えきれない。だから長女の初乃さんに、助力を頼んできたのだ。

「でも、あたしは、どうしてもあの家に帰りたくなかった。疎《うと》ましかったのは家族じゃない、自分なの。家に帰れば、またもとの嫌なあたしに戻ってしまう、そんな気がして……それがいちばん怖かった」

「何も告げず、やま乃からもいなくなったのは……お母さんを巻き込まないためですか？」

祖母の推測に、黙ってうなずく。初乃さんがやま乃に留まれば、実家との板挟みになって矢面《やおもて》に立たされるのは十喜子さんだ。

「ほんと、ひどい娘よね……どちらの親にも不義理を通して」

初乃さんは、そうすることで、平等に不義理を果たそうとしたのではないか。後になって、祖母はそんなことを口にした。

実家に帰るのが嫌なら、やま乃に留まり芸者を続けるのが最善の道のはずだ。でも、苦しいときには支え合うのが家族だとの絶対の法則があって、それは昔の方がずっと強かった。いわば世間の常識、暗黙の了解というやつだ。外れれば、人でなしと謗《そし》られる。

図太い人なら我を通したろうが、感受性の強い初乃さんは、それだけ世間の風をまともに受けてしまう。

双方の親のバランスをとり、安住の地であったやま乃を去ることで、家族への申し訳が立つ。そういう心理が無意識に働いて、逃げ出すという選択に帰着した——。

祖母はおじさんと僕の前で、そう推論した。

「いまも、家族とは疎遠なままなんですか?」

「いいえ、あたしも結婚して子供もできて、ようやく大人になったのね。いまはちゃんと行き来しているわ」

子供が生まれてから連絡をとり、実家の両親とも和解したそうだ。入院中は祖父母が助けてくれて難を乗り切り、義理のお母さんの病気も全快したと、晴れやかな顔で告げる。

その折に、玄関のチャイムが鳴った。とたんに居間の話し声が、ぴたりとやんだ。

「ごめん、いま手が離せない。お蔦さん、出て!」

ガス台の前で具材とにらめっこしながら、居間に向かって叫んだ。三人が廊下に出てきたものの、わかりやすく慌てている。

「どうしよう、十喜子母さんよね? どうしよう、勝乃ちゃん」

「もうここは腹を括《くく》って、大人しく叱られるしか……とりあえず、蔦代がいちばん前だからね」

「どうして、あたしなんだい！　あんたたちのお母さんじゃないか」

僕から見ればいい歳をしたおばあさんたちが、女子高生みたいにわちゃわちゃしている。

手が離せないと言いながら、つい気になって、台所から顔を出し玄関を覗《のぞ》いた。

祖母がドアを開け、山椒母さんを迎え入れ、初乃さんは上《あが》り框《がまち》で、勝乃姐さんはそのななめ後ろで、土下座のポーズで平伏する。まるで殿さまを迎える村人みたいだ。

「お母さん、ご無沙汰《ぶさた》しております。その節は、大変なご迷惑を……」

初乃さんの長々しいお詫《わ》びに、黙って耳を傾ける。お詫びの文句をすべて出し尽くしても、初乃さんは、顔を上げられないようだ。お母さんは、小さなため息をこぼす。

「まったく、五十年経っても、少しも変わらないね」

え、と初乃さんが顔を上げ、お母さんを仰ぐ。

「おまえのしゃべりは、長ったらしい上に落ちがない。きいてて飽いちまうよ」

「お母さん、そもそもお詫びに落ちなんて……」

「勝乃、おまえもだよ。芸事は達者でも、話がつまらない」

弁解にまわった勝乃姐さんも、鮮やかに切り返されてぐうの音も出ない。

「そこへいくと蔦代は、座持ちの良さは天下一品だったたね。とはいえ、あんたの踊りときたら、見るに耐えなかったがね」

祖母が言い返しもせず、神妙に拝聴する。また腹の底に笑いが込み上げてきたが、油断したのがいけなかった。小さなお母さんと、目が合ってしまった。

「こ、こんにちは！　いらっしゃいませ」

たちまち廊下に正座して、頭を下げた。僕もこの人の前では、すっかり村人体質になってしまった。

居間に通されたお母さんは、テーブルの上に何かを置いた。

「これを初乃に、渡したくてね。勝乃と蔦代には、手間をかけさせて悪かったね」

「これは……」

初乃さんが手にとり、そっと開く。両銀の、舞扇《まいおうぎ》だった。

舞扇にはさまざまあって、流派や演目によって決まった扇もある。表が金、裏が銀のものもあるが、僕は両銀の方が渋くて好きだ。銀色の面の端に、流麗な金の文字が小さく書かれていた。

「娘、初乃へ……母、十喜子より……」

同じ扇を、勝乃姐さんも受けとっていた。やま乃では、一人前と認められた芸妓に、贈られる品だった。

「でも、お母さん……あたしには、いただく資格が……」

「これを扇子屋に頼んだ矢先に、いなくなっちまって。ずうっと手許に残していたのが、この前、身辺整理をしていたらひょっこり出てきてね」

「身辺整理って、何ですか、お母さん？」勝乃姐さんがきいた。

「あたしもそろそろ、家事やなんかが億劫《おっくう》になってねえ」

来月から、老人ホームに入ることにしたのだそうだ。たぶん渡せなかった両銀の舞扇だけが、唯一の心残りだったんだろう。

「お母さん……ありがとうございます……ずっと気にかけてくれて……」

「なに言ってんだい。とっくに忘れちまっていたよ。ひょっこり出てきたと、そう言ったろ」

素直じゃないところは、よく似た母子《おやこ》だ。置屋のお母さんは、実の親同然――。祖母から扇を大事そうに胸に抱いて、初乃さんは涙をこぼした。

そうきいていたが、初めて実感できたような気がした。

「お母さん、今日はうちの孫の手料理を、食べていってくださいましな。誰に似たのか、料理だけはそこそこの腕前で」

誰にって、お蔦さんじゃないからね。内心で呟《つぶや》いて、仕上げにとりかかった。

祖母と勝乃姐さんが、居間に座卓を置いたり食器を運んだりするあいだ、お母さんと初乃さんは互いの来《こ》し方を語り合う。

僕は卓上コンロを座卓に据えて、その上に土鍋を載せる。

十月半ばと、鍋の時期には少し早いが、今日は真冬並みに寒かったからちょうどよかった。四人が席についたところで、鍋の蓋《ふた》をとると歓声が上がった。

「美味しそう！　これは何鍋？」

「古漬け白菜と豚肉の鍋です」と、初乃さんにこたえる。

白菜と豚バラの鍋は定番だけど、白菜を古漬けに変えると、味に深みが出る。歯応えを出すためにモヤシも加えた。

スープは味噌ベースで、ヨーグルトとナンプラーを加えてまろやかさを出す。好き嫌いを確認してから、さらに彩りにパクチーも載せた。

実はこの鍋には、大事な香辛料が使われている。レシピを発見したのも、スパイスメーカーのサイトなのだ。

「この香り……山椒かい？」

「当たり。中華だと、花山椒とか花椒《ホアジャオ》とかいうけど」と、祖母にこたえる。

山椒母さんに、山椒料理を出す。僕なりのおもてなしと、ちょっとした悪戯《いたずら》心だ。とはいえ、冗談の通じない人だったらどうしよう、と種を明かしたときはドキドキした。

「なるほどね、さすが蔦代の孫だ。座のまわしようを、心得ているじゃないか」

幸いにも山椒母さんからは、お褒《ほ》めの言葉をいただいた。

鍋と一緒に、ちらし寿司と、きのこ餡をかけた温奴《おんやっこ》も添えた。

祖母と同じ辛党だときいていたから、案外メニューの組み立ては楽だった。ちらし寿司は、椎茸《しいたけ》や干瓢《かんぴょう》といった定番の具に、レンコンの酢漬けとちりめんじゃこを加えて、甘さをうんと抑えた。

「この卵焼き、ちょいと変わってて美味しいね」

「本当、鰻巻《うま》きかと思ったら、そぼろなのね」

甘辛い鶏《とり》そぼろを巻き込んだ卵焼きは、初乃さんと勝乃姐さんに好評だった。

昼ごはんとはいえ、花街にいた顔ぶれだけにお酒も進む。多少、酔いがまわったのか、初乃さんがまた昔を蒸し返し、お母さんに詫びをくり返す。

「お母さんには、本当に心配とご迷惑を……」

「ああ、ああ、わかったよ。おまえのしつこさも、相変わらずだねえ」

顔をしかめたお母さんは、初乃さんが握りしめている銀扇《ぎんせん》に目をとめた。

「娘がこの歳まで達者《たつしゃ》でいてくれたら、親にとっちゃそれだけで御《おん》の字さね」

呟いて、くいと猪口《ちょこ》をあおる。

祖母は黙って、空《あ》いた猪口にお酒を注いだ。

孤高の猫

十一月最初の土曜日、僕らは朝から神楽坂《かぐらざか》中を走り回った。

メンバーは十人。多喜本《たきもと》履物店と木下《きのした》薬局の孫、つまり僕と洋平《ようへい》、料亭『ねぎ亭』の若葉《わかば》ちゃんに、『福平鮨《ふくへいずし》』の修哉《しゅうや》さんといった機動力のある若手ばかり。

ふたりずつ五組に分かれて捜索にあたったが、朝十時から昼の一時まで、たっぷり三時間費やしても成果は上がらない。タイムリミットが来ると、十人のメンバーは、それぞれ重い足取りで、ランチ会場に指定されていた洋食屋に集合した。

「みんな、お疲れさま。午後は二時から四時まで、二時間だけお願いします」

「今日中に見つからない場合は、明日も午前中のみ捜索を行います。明日も参加できる人、手を上げて……六人だね。じゃあ、また朝の十時に神楽坂下に集合してください」

捜索隊隊長の若葉ちゃんと、副隊長の修兄《にい》こと修哉さんが、午後と明日の予定を伝える。

それから注文した料理が、次々と運ばれてきた。

オムライス、クリームコロッケ、マカロニグラタン、ビーフシチュー、ハンバーグ。どれも熱々で美味《おい》しそうだ。この時期は、湯気が何よりのごちそうになる。

ハンバーグ魔人の洋平の前には、とろけたチーズを纏《まと》い、目玉焼きが載せられたハンバーグが置かれている。

「よし、午後の捜索のために、体力つけないとな」

「体力ある奴はいいなあ。僕はそろそろ、耳が限界」

今日は晴れてはいるが風が冷たくて、歩いて走って叫んでいたから寒さは感じなかったが、風に晒《さら》されて耳がジンジンする。

「でもさ、今頃あいつが腹すかしてへたばってるかと思うと、こっちの食欲が失せるよ」

「そのわりには洋平、しっかり食べてるだろ」

「ここのハンバーグに、罪はないからな。てか、旨《うま》い」

やはりハンバーグは最強らしく、黒い鉄板の上の挽《ひ》き肉《にく》の塊《かたまり》は、みるみる小さくなっていく。

「改めて思ったんだけど……あたしたちあの子のこと、何も知らないね」

対して、若葉ちゃんの前のナポリタンは、ちっとも減らない。ほうっとため息をつく。

「好物は何かとか、どこで眠っているかとか、縄張りはどこまでだとか」

「好きなのは、煮干しだよね？」

「え、チーズだろ？」

「うちでは、白身食ってるぞ。人間なみに贅沢《ぜいたく》だって、じいちゃんが」

「ほら、やっぱり知ってるようで知らないでしょ。ちなみにうちでは、鶏《とり》のささ身」

僕は煮干し、洋平はチーズを与えていたが、福平鮨では白身魚、ねぎ亭ではささ身をもらっているらしい。

「知らなかった。結構いいもの食べてるね」

「意外と健康志向じゃない？　栄養バランスもとれてるし」

「野菜がないだろ。おれなんていっつも母さんに、嫌いな野菜を強要されてさ」

「猫は野菜、食べないだろ」

僕と若葉ちゃん、洋平と修兄が、それぞれの見解を述べる。

「それにしても、ハイドンの奴、どこにいるんだろうな……」

洋平のため息に、三つのため息がさらに重なる。

僕らが懸命に探しているのは、野良猫のハイドンだった。

むくむくした長毛種の猫で、灰色の毛が作曲家の鬘《かつら》に似ていることから名がついた。外見はもっさり、動作はのっそり、いたって不愛想な上、声が壊滅的に可愛くない。

それでいて、猫の多い町、神楽坂の中では、断トツのいちばん人気だ。

たやすく媚《こ》びない態度が、品や威厳を感じさせるためだろうか。人間も周囲の猫も一目置いているが、ボス猫というよりも一匹狼といった存在だ。

そのハイドンが、一週間ほど前から姿を見せなくなった。正確には、目撃情報が途絶えてから七日目になる。

最後に目撃したのは、福平鮨の福《ふく》さん、修兄のおばあさんだった。

「板塀《いたべい》の上を歩いていたけれど、どうもようすがおかしくて……後ろ足の片方を、引きずっているようにも見えたんだ。毛もひどく汚れていてね、喧嘩《けんか》でもしたのかねえ。心配で声をかけたら、塀の向こう側に下りてしまってね」

それが先週の土曜日の午後のことだ。以来、誰にきいても目撃情報は得られず、遂に僕たち捜索隊の出動が決まったのだ。ちなみに捜索経費ことランチ代は、うちの祖母を含めた商店街の顔役が出資している。僕も遠慮なく、ソースたっぷりのヒレカツにかぶりつく。噛《か》むとさっくりジュワッときて、見かけより軽い衣《ころも》と柔らかい肉の旨味が絶妙だ。やはりプロの仕事は違うと、内心で唸《うな》った。

「ハイドンの塒《ねぐら》って、どこにあるんだろ？　やっぱり人目につかないところで、傷を癒《いや》しているのかな？」

「塒はひとつじゃないかも。いくつもあって、案外、誰かの家だったりして」

「それじゃあ飼い猫だよ。ハイドンは野良なんでしょ？」

上は十八、九から、下は中学生まで。モリモリ食べながらも、話題は灰色のムク猫に終始する。

「ハイドンの歳っていくつ？　ねえ、若葉姉ちゃん」

「あたしにきかれても……」

「だって、この中じゃ、いちばん年上だろ？」

質問したのは、中学一年生の男の子だった。最年少だけに、地雷を踏み放題だ。女性に歳の話は禁句だってのに、僕らの方がひやひやした。助け舟のつもりか、修兄が口を挟む。

「何歳かはわからないけど、ハイドンを見掛けるようになったのは、僕が小学五、六年の頃だから……八年とか九年とか？」

「あ、そうそう！　あたしもそれくらい。十年は経ってないと思う」

修兄と同学年の若葉ちゃんが、声をあげる。修兄は大学一年生で、若葉ちゃんは僕が通っている桜寺《おうじ》学園を卒業した後、調理専門学校に進んだ。

「じゃあ、八歳か九歳ってことだね」

「でもハイドンは、初めて見た時から、いまのハイドンのままだったぞ。なあ、望《のぞむ》？」

「うん、最初から大きくて、ずんぐりむっくりだった」

僕と洋平は、ハイドンと初遭遇したとき一緒にいた。いつかははっきり覚えてないけど、修兄の話からすると、小学二、三年の頃だろう。

捜索前に確認したが、仔猫だったときの姿は、お年寄りですら誰も見ていない。

「九歳プラスアルファとして、十歳か。人間でいうと、何歳だ？」

「十歳だと、うわ、五十六歳！　おっさんだよ。十一歳だと六十歳、おじいちゃんだね」

「あのさ、いまさらだけど、ハイドンてオスなの？　メスの可能性は？」

「アリかも……あの子、からだに触られるの嫌がるから」

「そもそもどこから来たのかな？　あれ、どう見ても、ペルシャとかスコティッシュフォールドとかの血が混じってるよね？」

「おまえ、詳しいな。でも、長毛種の野良なんてまずいないから、親は確実に飼い猫かも」

「とすると、捨てられたか迷い子になったかして、神楽坂に住みついたのかな」

話はものすごく盛り上がったが、どれも推測ばかりだ。つい、さっきの若葉ちゃんと同じため息がこぼれた。僕らは本当に、ハイドンのことを何も知らない。落胆が伝わったのか、洋平が調子を変えた。

「いいじゃん、知らなくて。あいつはきっと、プライバシーを侵害されるのが嫌なんだよ」

「ああ、たしかに、そういうとこあるかも」

「あいつは、コトウの猫だからな」

「……洋平、それだと離れ小島になるから。孤島じゃなく、孤高だろ」

「あ、それそれ」

一同が大笑いして、おかげで沈んだ雰囲気がかなり和《なご》んだ。

鉄板皿の上は、ほぼきれいに平らげられて、ニンジンだけがつくねんとしていた。

洋食屋を出て、さらに二時間を費やしたが、成果は上がらなかった。
メンバーが解散すると、洋平とふたりで疲れた足取りで神楽坂を登る。途中でコンビニに寄って、飲み物を補給した。洋平は冬でも冷たい炭酸派だが、僕はあったかミルクティーにした。並んでコンビニの壁にもたれて、空を見上げる。

「猫探しって、人を探すより難しいかも。自信なくなってきた」

「でも、ハイドン情報には詳しくなったぞ。まさか人ん家《ち》で、ブラッシングまでしてもらってたなんて思わなかった」

僕と洋平は、当然のごとく同じ組になり、僕らが捜索途中で見つけた情報だった。

板塀をまわした和風建築の一軒家で、その辺りにハイドンの目撃情報があったから訪ねてみた。玄関に出てきたおばさんは、ハイドンとは違う長毛種の猫を抱えていた。

「毛の長い猫って、毎日のブラッシングは必須なの。最初はこの子が連れてきて、お友達になったみたいね。ただ、私に慣れるまでは時間がかかって、未だに抱かせてはもらえなくて。でも、ブラッシングだけは、この子と一緒にさせてくれるようになったの」

ちゃっかり毛の手入れはしてもらって、なのに抱っこを嫌がるあたり、いかにもハイドンらしい。この家には隔日ペースで通っていて、ここ一週間、姿を見せないから、やはり心配していたという。見つけたら必ず連絡すると、約束してくれた。

「あいつ、どこにいるんだろ。明日中に、見つかるといいけどな」

まだ四時過ぎだが、十一月の空は、すでに暮れかかっていた。

洋平からの返しはなく、となりを見ると、めずらしく沈思黙考する横顔があった。

「どうしたんだ、洋平？」

「いや……午前の探索中にさ、何かに気づいたんだ。それが何だったのか、思い出せなくて……」

何とも頼りないが、僕も無策の状態だから、黙って待つことにした。

「えーっと、まず最初に表通りから紅小路《べにこうじ》に入って裏紅をまわって、で、本多横丁《ほんだよこちょう》に出て、見返し横丁と見返り横丁を行って戻って、軽子坂《かるこざか》に出て……」

洋平が呟《つぶや》いているのは、午前中の僕らの探索ルートだ。

午後はまた、別の探索区域を指示されたが、午前中、僕らが任されたのは、多喜本履物店のある本多横丁から神楽坂上に至るまでの一帯だ。

神楽坂通りを僕らは表通りと呼んでいて、紅小路とは、表通りから北側に入る、人がやっとすれ違えるくらいの細い路地だ。建物の間の隙間にしか見えないから、知らない人は、よく見過ごしてしまうらしい。

紅小路を行って右に曲がると本多横丁に出るのだが、もう一本、本多横丁に出る脇道もあって、それが裏紅小路、通称、裏紅だ。本多横丁は、神楽坂通りと軽子坂を繋いでいて、軽子坂に出る前に、見返し横丁と見返り横丁がある。どちらも道の先は行き止まりだから、行って戻ってこなければならない。その後は軽子坂を登って、兵庫《ひょうご》横丁に入ったが、脳内ルートが軽子坂に出たところで、あっ、と洋平が叫んだ。

「わかった！　看板だ！」

「看板？」

「うん、軽子坂で看板を見て、ひょっとしたらって思ったんだ。でもあのとき、猫の声がしたろ？　そっちに気が逸《そ》れて、すっかり忘れてた」

結局、別の猫だったが、たしかに軽子坂で、そんなことがあった。

「看板て、何の？」

「動物病院だよ！」

あ、と僕も口をあいた。洋平の言った意味を、すぐに察したからだ。

福平鮨のおばあさんは、ハイドンが怪我《けが》をしているように見えたと言った。

どこかの誰かが、傷ついたハイドンを拾ったとしたら、動物病院に連れていくのは、むしろあたりまえだ。

「洋平、すごい、天才！」

「はっはっは、おれもたまにはやるだろ」

「てか、僕も何で気づかないかな」

「町内の誰かが拾っていれば、すぐに連絡が来るって思い込んでいたんじゃないか?」

これも洋平の言うとおりだ。ハイドンを拾うとしたら、町内の身内だと、頭から信じて疑わなかった。これにはハイドンの性格もある。人にあまり懐《なつ》かない猫だけに、一見《いちげん》のお客さんなどには、おいそれと近づかない。

でも、怪我をして動けずにいたとしたら話は別だ。

「軽子坂に、動物病院なんてあったかな?」

「いや、見たのは看板だけで……一瞬、目にしたきりだけど、場所はたしか坂上の先だったと思う」

洋平の動体視力は、僕の何倍も優れている。携帯で検索すると、神楽坂下から坂上のあいだには一軒もなくて、坂上からさらに登った辺りに、動物病院が三軒あった。

「土曜の夕方じゃ、もう閉まってるかな?」

「大丈夫みたい。三軒とも、土曜は夜の七時までやってるし、日曜の午前中も診療してる」

「なら、さっそく行ってみようぜ」

動物病院を検索した携帯を右ポケットに入れて、ペットボトルの中身を飲み干した。

走り出した神楽坂の先は、すっかり暗くなっていた。

「ああ、この猫さんね、覚えてますよ」

「ほんとですか！」

「間違いないですか！」

僕らに念押しされて、女性の看護師さんが、もう一度じっくりと写真に見入る。捜索メンバーに配布された、顔のわかる貴重な一枚だ。顔を上下から潰したみたいに、目と鼻の間が狭くて、目が異様に鋭いために、常に怒っているように見える。目の色は、琥珀《こはく》色。

「ええ、間違いないかと。毛は灰色なのに、ほら、鼻の左側に、小さな黒い斑点《はんてん》模様があるでしょ？　だからわかったの」

「あ、ほんとだ……全然気づかなかった」

鉛筆のお尻でつけたような、小さな斑点だ。長いつき合いなのに、まったく知らなかった。

「これでも動物看護師ですからね。覚えにかけては、人の顔よりも自信があるの」

若い看護師さんは、ちょっと自慢そうに胸を張った。僕も洋平も、動物病院には縁がない。動物看護師という仕事があることすら、初めて知った。

「それにね、先生が傷を見ようとしたら、ものすごく暴れて、ちょっとした騒ぎになったから」

「やっぱり、怪我してたのか……あいつの傷の具合は？　ちゃんと治るんですか？」

洋平が泡を食い、容体を確認する。

「大丈夫ですよ。左の後ろ足を、骨折していたけれど……」

「骨折！」

「それって、重傷じゃ……」

きいた僕らが、一気に青ざめる。看護師さんは、励ますように笑顔を向けた。

「猫は人間よりも骨の再生力が優れているから、四肢《しし》の骨折なら、手術をしない選択もあるの。あの子の場合も、骨折としては軽傷だったから、手術をせずにギプスで治す方法をとりましたよ」

ていねいに説明してくれたが、骨折ときいただけで、血が下がりそうになる。

「あれはたぶん、交通事故ね。骨折した個所の毛が、線状に抜けていたし。たぶん後ろ足が、タイヤに巻き込まれた跡だと……レントゲンや血液検査もしてね、内臓や筋肉に支障がなかったのは、むしろ幸いね」

洋平が、まるで自分の診断をきいてでもいるように、口を押さえて顔をしかめる。この手の話は、やっぱり苦手なのだ。

「でも、交通事故なんて……車道に飛び出すような、そんな鈍《どん》くさい奴じゃないはずなのに。ものすごく用心深いんです」

「車道に出なくとも、駐車中や路肩に止めた車の下にいて急発進された、って例もあるしね」

看護師さんの話は、ひどく納得できた。エンジンのかかった車のボンネットや車両の下は暖かい。いまの時期は寒いから、猫なら潜り込んでもあたりまえだ。

「それに、そろそろおじいちゃんかなって歳だし」

「おじいちゃんてことは、雄なんですね？」

「歳は、何歳ですか？」

同時に違う質問をしてしまい、看護師さんが初めて不審な目を向ける。

「あなたたち、あの猫の飼い主ではないの？」

「うちの猫じゃないけど、ハイドンは僕らの猫なんです」

そこで初めて、看護師さんに事情を打ち明けた。

「そういうことだったの……ハイドンくんは、みんなに愛されていたのね」

「そうなんです！　あいつの姿が消えてから、どうも落ち着かなくて」

力説する洋平を見上げて、うんうんと看護師さんがうなずく。猫の歳は、歯や目の状態、毛や筋肉の具合で判断できる。ただ、飼い猫と野良では、歳の取り方も違ってくる。飼い猫基準でいけば、十歳前後だというから、僕らの推測はまんざら外れていなかった。

「野良でもできれば、予防注射をした方が、寿命は延びると思うけど」

「すみません、捕まえられる気がしません」

「ああ、わかるわ。帰りにね、病院からケージを貸したの。一度はどうにか入れたんだけど、中でもうすごい暴れようで。かえって傷に障りそうだから、やめました」

「ご迷惑を、おかけしました……」

猫の代わりに、洋平が殊勝《しゅしょう》に詫《わ》びる。

「で、ハイドンは、いまどこに？」

「連れてきた方の、住所やお名前は控えてあるけれど……お教えするわけには」

「どんな人ですか？」

「小学生の五、六年かな。男の子が大事そうに抱えてきて、お母さんも一緒でしたよ」

道端でうずくまっていた猫を保護したと、男の子は語った。

家に連れてきて、二、三日ようすを見たけれど、元気がなく食欲もあまりない。撫《な》でるのも嫌がるし、長い毛に隠れて、足の怪我に気づくのが遅れたと、母親は説明したそうだ。

来院したのは月曜日で、検査の結果、内臓や筋肉に支障はないとわかった。ギプスをつけて、週末にもう一度、ようすを見せに来るよう先生は告げたが、二度目の来院はまだだという。

「今度ハイドンが来たら、その助けてくれたご家族に、僕らが探していることを伝えてもらえませんか？」

わかりましたと、看護師さんは請け合ってくれて、僕の携帯番号と、多喜本履物店の住所と電話番号、ついでに簡単な地図を書いて渡した。

神楽坂を下りながら、白い息を吐いて洋平が言った。

「このままいまの家で暮らす方が、あいつにとっては幸せなのかもしれないな」

「そうだね……老後も目前みたいだし、楽隠居も悪くないかも」

ひとまずハイドンの消息がつかめたと、僕は若葉ちゃんに、洋平は修兄に連絡した。他の捜索メンバーにも、ふたりから連絡をしてもらい、明日の捜索は不要になった。

気が抜けたせいか、急に疲れが出た。思えば今日は、ほとんど一日中動き回った。油断すると、まぶたがくっつきそうだ。

だが、長い一日は、まだ終わっていなかった。


洋平と別れて家に戻り、祖母に事情を話し、今日の夕飯作りは免除してもらった。出前をとることにして、メニューを相談する。

「あっさり希望だから、蕎麦《そば》でいい？」

「今日は洋食の気分なんだがね。カツとかどうだい？」

「昼に食べたから、却下。あいだをとって中華にする？」

「かねが気になっていたんだがね。中華はあいだというより、こってりにかけちゃ洋食と双璧だと思わないかい？」

「もうどっちでもいいって……」

結局、いつもの蕎麦屋にして、僕はとろろ蕎麦と稲荷鮨《いなりずし》、祖母はネギ増しの鴨南蛮《かもなんばん》を頼んだ。寒い晩だったから、どちらも温蕎麦にして、帰りの遅い奉介《ほうすけ》おじさんには、勝手に食べてもらうことにする。

祖母が店を閉めるのは夜七時。出前時間は七時過ぎにして、時間通りに届いたが、祖母が店から戻ってこない。

廊下のとっつきに下がった暖簾《のれん》を分けて、店を覗《のぞ》くと、祖母が背中を向けて立っていた。お客はいないように見えたから、はばかりなく声をかける。

「お蔦《つた》さん、まだ？　蕎麦、伸びちゃうよ」

祖母がふり向いて、からだを斜《はす》にした拍子に、その存在に初めて気づいた。祖母の前に、男の子が立っていた。

だが、真っ先に目に飛び込んできたのは、小学生らしき子供ではない。

その腕に抱かれた、むっくりもこもこの灰色の猫だった。

「ハイドン！　おまえ、探したんだぞ！」

土間に下りて、サンダルを中途半端に引っかけながら駆け寄った。

「無事でよかった……あ、無事ではないか、骨折したんだもんな。でもとにかく、生きててよかったよ」

興奮のあまり、とめどなく猫に話しかける。青いギプスを左の後ろ足につけた姿は痛々しいが、僕が近づくと、嫌そうに、ぷい、と横を向いた。

「ごめん……なさい……」

後ろを向いた猫の代わりに、男の子からか細い声が漏れた。下を向いているから、顔はわからない。背格好からすると、看護師さんが言ったとおり、小学校の高学年くらいか。キャップを深めにかぶり、茶色い縁の眼鏡《めがね》をかけている。

「黙って連れてきて、ごめんなさい……」

いまにも泣き出しそうだ。慌ててなだめにかかった。

「いや、謝ることなんて何もないよ！　むしろ、お礼を言わないと。こいつを拾って病院にまで連れていってくれて、ほんとにほんとにありがとう！」

「怒って、ないですか？……警察に、行ったりしない？」

変な言い回しだが、もちろん、と請け合った。正確には、「遺失物」として、警察に届けを出したわけではない。

「じゃあ、返します。ほら、ムックン、おうちだよ」

男の子は猫を渡そうとするが、猫の両の前足は、紺のオーバーコートをしっかりと摑んで離さない。

「おまえ、ずいぶんと慣れたなあ。そんなふうに人に抱っこされる姿も、初めて見たよ」

「そうなんですか？」

と、男の子が、初めて顔を上げた。何となく、あれ？　と思った。

よく日に焼けていて、どちらかと言えばスポーツマンタイプの印象だ。青いキャップも似合っているのに、眼鏡だけがどうもそぐわない。

つい、まじまじと見過ぎたようだ。男の子は、急いで下を向いた。

子供相手とはいえ不躾《ぶしつけ》だったかと反省し、話題を猫に戻す。

「ムックンて名前、ぴったりだね。僕らはハイドンて呼んでたんだ。ほら、音楽室にある昔の音楽家の鬘にそっくりだろ？」

こくりとうなずいたけれど、顔を上げようとしない。

「そいつ、重いだろ、疲れない？　でも、抱き方が上手だね。他にも猫、飼ってるの？」

「前に」と呟かれ、話はさっぱり弾まない。

本当は名前や住所をたずねたかったのに、全身全霊で拒否されているのが伝わってきた。

祖母はそのあいだ、終始黙ったままで、一切口を出さなかった。

そしてハイドンは、頑固に子供から離れようとしない。

僕もついに諦《あきら》めて、男の子に言った。

「あのさ、図々しいお願いなんだけど……もうしばらく、こいつを預かってもらえないかな？」

相変わらず顔は伏せたままだが、ぴくっとキャップのつばが動いた。

「いいの？」

「置いてもらえれば、僕らも助かる。こいつが野良だって、病院できいたかな？　たぶん決まった家は、ないはずなんだ」

「そっか……僕と同じなんだな、おまえ」

通じ合ってでもいるように、ハイドン、もといムックンの顔をじっと見る。子供が漏らした不用意な一言には、あえて触れなかった。

うちで預かるつもりもあったけど、気に入った滞在先を見つけたなら、ハイドンにとって何よりだ。

「無理にとは言わないけど、せめて怪我が治るまで……どうかな？」

「怪我が、治ったら？」

「そのときは、こいつに決めてもらえばいいよ。前のとおり野良がいいか、君の家に居座りたいか、こいつならきっと自分で決めるよ」

はい、と行儀よくこたえて、大事そうに猫を抱く手に、少し力をこめた。

出ていこうとする子供に、祖母が初めて声をかけた。

「もし必要なら、病院の治療費はもちろん、餌代とか必要な経費もうちが出すからね。おうちの人に、伝えておくれ」

「たぶん、大丈夫だと思います」

子供は少し考えて、そうこたえた。ぺこりと頭を下げて、背中を向ける。

その一瞬、ハイドンがこちらをふり向いた。

どうしてだろう、「任せろ」と、言われたような気がした。

表通りの方へ向かう、男の子の背中を見送る。

と、二軒ほど先の路上に、ひっそりと女の人が立っていることに気がついた。

男の子を、待っていたようだ。飲食店が多いだけに、店先の灯りで服装は確認できた。地味な色形のコートとスカート、前に大きなつばのついた帽子を目深《まぶか》にかぶり、顔は見えない。

猫を抱いた子供が、何か報告している。おそらく女性は、母親だろう。こちらをふり向いて、ていねいに腰を折った。祖母と僕も、お辞儀《じぎ》を返す。

親子が並んで遠ざかる。仲睦《なかむつ》まじい雰囲気が、伝わってきた。

「めずらしいね、お蔦さんが口を挟まないなんて」

「ま、たまにはね」

とだけ言って、途中になっていたんだろう、レジの始末を再開する。僕はシャッターを閉めにかかる。最後のシャッターが下りると、往来の喧騒《けんそう》が途切れて、急にしんとした。

「どう思う？」

「どうって、何がだい？」

「あの親子」

「信用したからこそ、猫を託したんだろ？」

「そうだけど……そうじゃないっていうか。正直に言うと、いまはあの子から、ハイドンを取り上げたくなかったんだ」

あの子が抱えていたのはハイドンじゃなく、もっとずっと重いものではないだろうか。あんな細っこいからだで持つには重過ぎて、いまにも潰れそうだ。痛々しくて、見ていられない。

母親の態度も、やっぱりおかしい。子供につき添うことをせず、隠れるようにして見守っているだけなんて。

動物病院には、親子で来たと言っていた。子供に大金を持たせるわけにもいかず、同伴したのかもしれない。動物病院は保険が利《き》かないから、治療には人間の何倍もお金がかかる。一回の診察で、数万円かかることもめずらしくない。骨折となれば、すべての治療を終えるまでに、十万を軽く超えるともきいた。

たとえば借金取りに追われているとか、そういう事情も考えてみたが、少なくともお金に困っているわけではなさそうだ。だとすると、虐待《ぎゃくたい》とかDVとか、あるいは家庭内ではなく、いじめとかネットのバッシングとか——。

「その辺にしておき。悪い想像ばかり膨らませるくらいなら、考えない方がいい」

祖母が、ぱん、と手をたたき、我に返った。僕の脳内のぐるぐるを、正確に読み取られてでもいるようだ。

「でも、放っとけないっていうか。何かできることがあれば、助けてあげたいんだ」

「おまえの言い分は正論だがね、ときには通じないこともある。相手にというより、世間にね」

「どういう意味？　お蔦さん、ひょっとしてあの親子のこと、何か知ってるの？」

「知るわけないじゃないか。いまさっき会ったばかりなのに」

それもそうだ。同時に、ハイドンの居場所をきいておかなかったことが、急に気になってきた。

「やっぱりようすが変だったよね？　いまからでも、あの親子を追いかけたら間に合うかも」

「やめておおき。詮索《せんさく》や好奇心が、人を追い詰めることもあるんだよ」

本気の不快を表すように、眉間《みけん》に鋭いしわを寄せた。いつもなら、そこで僕がやり込められて終《しま》いだが、このときは何故《なぜ》だか意固地になった。

「そんなんじゃないよ！　ハイドンのこともあの子のことも心配なんだ！　居場所がわかれば安心だし、同じ神楽坂に住んでいるなら、友達になれるかもしれない。洋平だって、若葉ちゃんや修兄だって……」

「あの子がそれを、本当に望んでいるのかい？」

「だから、もう一度あの子に会って、きいてみないとわからないじゃないか！」

叫んだ声が、閉めたシャッターに反響し、予想以上の大きさで僕の耳を打つ。

「望、もう一度言うよ。追いかけるのも探すのも、しちゃあいけない。いいね？」

「お蔦さんのわからずや！」

「わからずやで結構。あたしはあたしのやり方を、通させてもらうよ」

「やり方って？」

祖母は応えず、僕にくるりと背を向けて、店の電話の受話器をとった。番号はひとつだが、電話機は店と奥と二台ある。短縮番号で、どこかに電話する。

「ああ、こんばんは、滝本《たきもと》です。店が忙しいときにすまないね。福さんに、ちょいと報告があってね」

電話をかけたのは、福平鮨のようだ。いま時分は、ちょうど鮨屋の書入れ時になる。やがて福さんが出たようで、短い挨拶《あいさつ》を交わし、すぐに本題を切り出す。

「探していた例の猫がね、見つかったんだよ。福ちゃんにはいちばんに知らせないとと思ってね。猫の怪我のことは、孫からきいたかい？……ああ、心配は要らないよ。すでに治療も済ませて、大事には至らなかったからね」

修兄のおばあさんが、安堵《あんど》の息をつく姿が見えるようだ。

「どうやって見つけたかって？　それがね、猫を見つけて、病院に連れていってくれたご家族がいてね。偶然にも、あたしの知り合いだったんだよ」

「えっ……」と驚きが声になった。祖母の口調は、あくまで淀みがなく軽やかだ。

「ご新規さんなんだがね、人柄はあたしが保証するよ。怪我が治るまで預かりたいって申し出で、あの猫にとっても何よりだろ。お任せすることにしたんだよ」

ご新規さんとは、いわば隠語だ。神楽坂に住んでいても、商店会や町内会に所属していない人も多い。そういう人をひっくるめて、ご新規さんと呼んでいた。

お蔦さんの意図が、ようやくわかった。ハイドンの怪我に最初に気づいたのは福さんで、その情報を僕らに伝えたのは孫の修兄だ。それが捜索隊の結成に繋がった。

ハイドンは見つかった。怪我をしたけれど、お蔦さんの知り合いが、当面のあいだ世話をしてくれることになった。

祖母の顔の広さと、眼鏡の確かさは折り紙つきだ。

神楽坂において、これ以上の安心材料はない。僕が文句をつけたところで、「一度会ったんだから、知り合いだろ」とでも言い逃れるつもりなんだろう。

「孫にも、そう伝えておくれ。福ちゃんも今夜からは安眠できるだろ」

おやすみ、と電話を切って、僕をふり返る。

「何だい、その不満そうな顔は。何か文句でもあるのかい？」

「別に……でも、僕にまで嘘の片棒を担《かつ》がせるやり口は気に入らない。洋平に何て言えばいいんだよ」

「好きにすればいいさ。おまえが誰に何を言おうと、おまえの勝手だよ」

これもまた本気の発言だ。徹頭徹尾、可愛くない。

「神楽坂のご近所衆を、信用しているんだろ？　だったら、下手《へた》に隠し事をせず、全部話せばいいじゃないか」

「おまえは本当に練れてないねえ。あたしの信用とは、まったく別の問題なんだよ」

「どういうこと？」

「ちょうどいい見本がいるじゃないか。すこぶる素っ気ない、あの猫だよ。もっと懐いてくれ、撫でさせてくれと強要するのは、こっちのエゴじゃないかい？」

たしかにそのとおりだ。いまの状態は、ハイドンが長年のあいだに培《つちか》った、いちばんいい距離感なんだろう。もともとの性格か、あるいはずっと昔、人間に嫌なことをされて、警戒心が生まれたのか——。

「あの親子だって同じだよ。相手が望まないなら、親切も節介も嫌がらせになっちまう」

そうかもしれない。他人の目を避けていたのは、いや、あれほど怖れていたのには理由があるはずだ。やっぱり誰かに深く傷つけられて、その傷が癒えてないようにも見える。

「わかった……でも、洋平にだけはホントのことを話す」

「だから、好きにおし」

レジの始末に戻った祖母が、何かに気づいたように顔を上げた。

「そういえば、肝心のことを忘れていたよ」

「何?」

「出前の蕎麦は、とっくに届いたんだろ?」

「うわっ、忘れてた! ヤバッ、三十分も経ってるよ」

丼《どんぶり》の中で倍に膨張し、すっかり風味の抜けた蕎麦を、僕らは味気なくすすった。


それからちょうど二週間後、十一月半ばの土曜日だった。

昼を過ぎてから、どうしてそんなことを始めたのか、自分でもよくわからない。予定が皆無だったこともあるけれど、後で思い返すと、虫の知らせというやつかもしれない。

「望、何してんだい?」

台所のテーブルいっぱいに広げた、牛乳パックやペットボトル、クリアファイルの切れっ端をながめて、お蔦さんが首を傾《かし》げる。

「クッキー、作ろうと思って」

「とても食べ物を作ってるようには、見えないがね」

「クッキー型から、自作するつもりなんだ。でも、なかなかうまくいかなくてさ……これ、何に見える?」

たっぷりと怪訝《けげん》な表情を浮かべてから、祖母がこたえた。

「いまにも倒れそうな、鏡餅《かがみもち》かい？」

「だよね……やっぱこの方法だと、無理があるか」

厚紙の牛乳パックや、プラスチック製のペットボトルなどを利用して、クッキー型を作る方法を試してみたけれど、どうにも不細工だ。これには技術不足もある。僕は美術部のくせに、三次元の工作となると苦手なのだ。

「手製の抜き型だと、細かな線まで再現できないか……仕方ない、最終手段でいくか」

結局、生地に型紙を当てて、その周りをペティナイフで切り抜くことにした。

「味はどうしようかな……プレーン、ナッツ、チョコ、ドライフルーツ。二、三種類作ってもいいけど……あ、そうだ！　いいこと思いついた」

「まあ、ほどほどに頑張っておくれ」

祖母はいたって気のない返事をして、クッキー生地を作り始める前に店に戻った。

邪魔がいなくなり、それからたっぷり四時間も集中した。こんなに時間がかかったのは、複雑な形と生地の色が災いし、焼き加減が難しかったからだ。

試しの分を二度も焦《こ》がし、ようやくある方法を思いついた。焦げやすい部分をアルミホイルで覆うのだ。焼き上がったクッキーに、さらにひと手間をかけて粉砂糖をふる。

「できた！　うん、それっぽい」

出来上がったときは、ものすごい達成感だったが、へとへとに疲れていて二度と作りたくないとも思った。

すでに夕方の六時、夕飯作りを始める頃だけど、とてもそんな気になれない。早々に白旗を上げた。

「お蔦さーん、今日の晩ご飯も外食か出前でいい？」

「またかい。まあ、構わないがね」

「メニューは合わせるからさ、考えといてね」

後片付けを済ませると、居間のソファに寝っ転がった。疲れもあって、いつのまにか眠っていたようだ。夢に一瞬、灰色の猫が現れたような気もしたが、容赦《ようしゃ》のない声で起こされる。

「望！　望！　いないのかい？　ちょっと来ておくれ！」

店から、祖母が呼んでいた。時計を見ると、あと五分で店仕舞いの時間だった。

生返事をして、まだぼやっとした頭のまま、廊下の先の暖簾を分ける。店に顔を出したとたん、ニャアゴ、と可愛くない声が呼んだ。

「ハイドン！　おまえ、元気になったのか！」

あの男の子に抱かれたまま、灰色の猫は、ぷいと後頭部を向ける。素っ気ないのも相変わらずで、逆に安心した。

何故か祖母は、僕と入れ替わりに、店の奥にある小上がりへと入っていく。僕は男の子とふたりきりで、店に残された。傍《そば》へ行くと、こんばんは、と男の子が行儀よく頭を下げる。

「もう、怪我が治ったの？」

「いえ、まだなんです。でも、引っ越すことになって、次の引っ越し先はペット禁止だから、連れていけなくて」

「そうなんだ、えらく急だね。お父さんの仕事の関係？」

キャップのつばが、曖昧《あいまい》に上下する。

「もしかして、落ち込んでる？　急な転校じゃ大変だもんな。友達に、さよならした？」

「友達なんて、いないから」

男の子が、顔を上げた。今日は眼鏡をしていない。そのせいか、眼差《まなざ》しがストレートに届いた。きれいな目だ。曇《くも》りがなく純粋で、なのにどうしようもなく悲しげだった。

「今度の引っ越しは、僕が原因なんだ。お兄ちゃんのことが、学校でばれちゃったから」

「お兄、さん？」

「僕のお兄ちゃん、人を殺したんだ。殺人犯なんだ」

一瞬、声が出なかった。何か言おうと思うのに、何も浮かばない。

「そうか……」

間抜けなことに、それしか返せなかった。この前、この子の眼鏡に違和感を覚えた。あれはきっと、伊達《だて》眼鏡だったんだ。帽子も眼鏡も一種の変装で、少し離れた道端で、ひっそりと立っていた母親も、帽子を目深にかぶっていた。

「何も、きかないの？　お兄ちゃんのこと」

「きかないよ。てか、言わなくていいよ」

「どうして？　検索すれば、すぐに出てくるよ」

「検索もしないし、誰かに話したりもしない。だって、ハイドンの恩人だもの」

僕にできる、最低限の礼儀だ。本当は、もっと何か言葉をかけてやりたい、励ましてやりたい、助けたい。でも、傷つけるのが怖くて、触れることすらできない。

見掛けからすると、まだ十一歳か十二歳だろう。なのにこの子の人生は、すでに閉ざされている。幸せになることさえ、許されない。

さっき、次の引っ越し先、と言った。きっとこれまでも、何度も引っ越しを重ねたんだろう。地元にいられなくて、住宅街でも人の目がうるさくて、都心に越したのかもしれない。それでも兄弟の罪は、しつこくついてまわる。

加害者とその家族へのバッシングの酷さは、実際に目の当《ま》たりにしている。僕もまた興味本位で、加害者の生い立ちや家族について、声高にリポートする素人記事を何度も読んだことがある。

この子の目に映るのは、悲しみではなく、諦めと絶望だ。呼吸が辛くなるほど、胸が苦しくなる。それすら相手には、拒絶や不安に見えるかもしれない。ごまかすために、あえてたずねた。

「その代わり、別のことをききたいんだ。ハイドンと……ムックンと会ったときのこと」

うん、と子供が、用心深くうなずく。

「こいつ無茶苦茶、警戒心が強いんだ。いくら怪我をしていても、よく君に懐いたなって不思議でさ」

「最初は、うんと警戒された。近づこうとしても唸られて、でも逃げようともしない。だから、しばらく待ってたんだ」

「待ってたって?」

「少し離れたところに座って、慣れてくれるまで待ってた。三十分くらいかな」

夕方、暗くなって家に帰る途中で、マンションの前の植え込みで、何かが動いたような気がして足を止めた。ちなみに、そのマンションに住んでいるわけではないそうだ。

植え込みのブロックに、少し離れて腰を下ろし、できるだけ猫の方を見ないようにしながら、時々ようすを窺《うかが》った。

それからも少しずつ距離を縮めて、声をかけ続け、そっと手を出した。ハイドンは匂いを嗅ぎながら、じっくりと小さな両手を検分し、ようやく抱き上げることを許してくれたという。

「それが仲良しになる、コツってわけか。前に猫を飼ってたと、言ってたものね」

「それもあるけど、なんとなく……こいつを見たとき、僕に似てるなって。茂みに隠れて、用心深く辺りを窺って、仲良くなるのも友達を作るのも怖くって……」

「似た者同士ってわけか。こいつは、孤高の猫だからな」

「ココウって？」

「ひとりでも超然としてるってこと。超然てわかる？　俗っぽい世間にこだわらず惑わされず、気にしないってこと」

「こだわらず惑わされず、気にしない、か……僕には、難しいや」

「誰にだって難しいよ、たとえ大人でもね。でも、少しは自信持っていいと思うよ。君はこいつに、見込まれたんだから」

ハイドンの顔を覗き込み、そのときだけは表情が柔らかい。

「いつかなれるかな、僕も。ムックンみたいに」

大丈夫だと、猫は言葉ではなく、態度で示す。

肉球のスタンプでも押すように、子供の左頬に、前足を置いた。後ろ足には、まだ青いギプスがある。足は順調に回復しているが、もう二、三週間はかかりそうだという。

「ここで、預かってもらえる？」

「もちろん。でも、こいつにきいてみないと。うちよりも、猫友達がいる家の方が、住み心地がいいかもしれない」

頭に浮かんだのは、長毛種の飼い猫がいて、よくハイドンもブラッシングを受けているという家だった。モフモフの物体を受けとろうとして、思い出した。

「あ、そうだ、ちょっと待ってて！　いいお土産《みやげ》があるんだ。絶対、待っててよ」

猫を子供の腕に戻して、急いで台所に駆け込む。菓子用の籠《かご》に入れてあったクッキーを、籠ごとビニール袋に突っ込んだ。百円で買った籠だし、急がないと、あの子が黙って消えちゃいそうで怖かったのだ。急いで店へととって返す。

ハイドンを抱いたまま、佇《たたず》んでいる姿に、心からホッとした。

「お待たせ！　これ、僕の手作りなんだけど、おうちへのお土産に」

半透明のビニール袋を渡す前に、まず猫を受けとった。

この前はあんなに嫌がったくせに、今度はあっさりと僕の腕に抱きとられる。やっぱりこいつは、自分の意志で、この子の傍にいたんだろうか。どこか自分に似たこの子を守ってやりたくて、留まっていたのだろうか。勝手な空想だけど、そう思えてならない。

受けとった袋の中を覗いて、子供が声を上げた。

「あっ、ムックンだ！」

「よかった、わかってもらえて。地の色は違うけど、精一杯似せたつもり」

僕が写真で撮った後ろ姿を参考にして型紙に起こしたが、厚紙やプラスチックでは、ピンと鋭角に立った耳や、ふっさりした尻尾までは再現できなかった。絵を描いて、型紙通りにナイフを当てて形にしても、今度は耳や横にはみ出た尻尾が焦げやすい。焼く工程の途中で、アルミホイルでカバーしたが、ココアクッキーだけに色の見分けがつかず、非常に苦戦した。

アイシングをかける方法も考えたけど、灰色の見た目ではどうも食欲がわかない。

ココア色の生地の上から、細い筆を使って薄いカラメルで毛並みを描く。粉砂糖をふって余分な粉を落とすと、いい具合にハイドンらしい毛並みが浮き上がった。

味見するよう勧めると、袋の中からひとつつまんで、しげしげとながめる。

「ムックンの前で食べるのは、悪いような気もするけど」

「こいつは太っ腹だから、気にするな」

ハイドンが、じいっと見守る中、尻尾の方から半分かじる。

「美味しい！　これ、ホントにお兄さんが作ったの？　すごいね！」

初めて子供らしい笑顔になった。何より胸に迫って、泣けそうになる。

だが、笑顔は一瞬で消えて、ため息のように呟いた。

「僕のお兄ちゃんも、こんなだったらよかったのに……」

こういうときは、何も言えない。何も言えない自分が、情けなくてならない。

「ごめん、変なこと言って。僕、帰るね。ムックンをお願いします」

「ちょいと、お待ち。すまないけど、話はきかせてもらったよ」

奥から、お蔦さんの声がかかった。小上がりにいて、一部始終をきいていたようだ。たぶん、この子が話しやすいようにと、気を遣ったつもりだろう。

お蔦さんは子供の前で腰を屈《かが》め、日に焼けた両の頬を挟んだ。子供に本気で言いきかせるときの、祖母の癖だった。

「いいかい、これだけは覚えておくんだよ。おまえと兄さんは、まったく別の人間なんだ。血が繋がっていようと家族だろうと、おまえと兄さんの人生は違う。違う道を歩くんだ」

「でも……」

と、子供が唇を嚙む。これまでの鬱憤《うっぷん》をぶちまけるように叫んだ。

「でも！　いくら違う道を行っても、兄ちゃんがついてくるんだ！　どんなにふり払っても、追いかけてくるんだ！　父さんも母さんも、もう疲れていて……」

顔が歪《ゆが》み、ほとばしるように涙がこぼれた。お蔦さんは、細いからだをしっかりと抱きしめて、子供を庇《かば》うように、道の側に背中を向けた。はずみでキャップが脱げて、床に落ちる。

子供なのに、悲しくてたまらないはずなのに、声を上げて泣くことはしない。そんなあたりまえすら、封じられてしまったんだ。

僕も堪《こら》えきれず、ハイドンの頭の上に大粒の涙をこぼした。

泣き止むまで、祖母はつき合ってやり、やがて子供は自分からからだを離した。

「泣いたの、久しぶり……」

「少しは、すっきりしたかい？」

うん、と素直にうなずいて、祖母が渡したティッシュで顔を拭《ぬぐ》い、洟《はな》をかんだ。

「たまにはこうして、発散しておやり。そうすることで、あんたの長所も生きてくるからね」

「僕の、長所？」

「辛抱強いところさね。この頑固な猫を手懐《てなず》けたのは、思いやりと辛抱強さの賜物《たまもの》だ。辛いことを乗り越えるには、何よりの宝だよ」

まだ、少し難しいのだろう。不思議そうな顔をしながらも、はい、と応じる。

「また神楽坂に来ることがあったら、必ず寄ってね。僕と君も、友達だから。ムックンの次のね」

どうしよう、と迷う顔をしながらも、こくりとうなずく。それから改めて、最良の友に別れを告げた。

「ムックン、元気でね。ムックンと会えて、一緒に暮らせて、本当に楽しかった」

ふたたび目に涙が盛り上がったが、ふりきるように背中を向けた。お菓子の袋を握りしめて走り出す。

今日はふたり、少し行くと、この前と同様に、二、三軒先に大人の人影が見えた。お父さんとお母さんだろう。こちらに向かってお辞儀をし、祖母と僕も頭を下げた。

闇に溶け込んで、家族の姿が見えなくなった。

さよならを告げるように、ハイドンが訛声《だみごえ》で大きく鳴いた。

金の兎

チャイムが鳴って玄関を開けると、和服姿のおばあさんが立っていた。

「滝本《たきもと》と申します。お母さんはご在宅ですか？」

「あいにくと店に……仕事に行ってます」

「おや、そうかい、困ったね」と、いきなり調子が変わる。

一時に訪問することを母に伝えてあったと、歯切れのいい口調で告げた。

「すみません、すぐに母に連絡してみます……もしかして、父のお知り合いですか？」

年代から、そう判断した。ふた月前に他界した父の赤羽吉次《あかばねよしじ》は、享年《きょうねん》七十二だった。

「ああ、吉次の昔馴染《なじ》みでね。浜枝《はまえ》も津和《つわ》もお仲間だった」

父や祖母を呼び捨てにされたのに、どうしてだか悪い気はしなかった。

津和は母方の祖母だが、浜枝という名は知らない。私の顔を見て、察したようにつけ加えた。

「吉次の先妻だよ。そういや、浜枝は芸名だったかね」

それをきいて、思い出した。お父さんの前の奥さんの名は、吹子《すいこ》さんだ。

「娘の、美沙希《みさき》です。父や祖母の昔の知り合いというと……女優さんですか?」

「ああ、うんと昔、ほんの数年だがね」

正直、女優ときいても、ぴんとこなかった。顔のしわを差し引いても、美人とは言い難かったからだ。ただ、自然と目が吸いつけられるような、際立った雰囲気がある。背は私より低いのに、きりりとした印象の人だった。

亀甲模様の茶の着物に、ベージュの帯。色合わせは地味だが、帯の真ん中にある山吹色の花が差し色になっていた。玄関前で脱いだのだろうか。片手にコートとショールを下げている。

「吉次のことは、残念だったね。お線香を上げても、構いませんか?」

家には私ひとりだが、どうぞ、と中に入ってもらった。

九月の末に父が亡くなってから、こうして弔問客がたまに訪れるようになった。葬儀を内輪で済ませたから、遠くにいる親戚や、後になって知らされた知人友人などが、仏壇に手を合わせて、父の思い出話をしていく。

ただ、いまは母がいないから、ひとりで相手をするのはちょっと面倒だ。

仏壇は、居間のとなりの和室にある。たいそう古びて金の飾りもくすんでいて、ちょっと邪魔なくらい大きくて嵩張《かさば》る代物だが、中はいくつものご位牌《いはい》で結構込み合っている。祖父母を含めた父方のご先祖と、前の奥さんの吹子さん、そしてそこに父の位牌が加わった。

仏壇の前には脚付きの焼香台を据えて、線香と香炉、厚い座布団を敷いた鈴《りん》などが置かれている。香炉脇に立てられた蠟燭《ろうそく》に、百円ライターで火をつけて座布団を勧めた。

滝本さんが仏前で手を合わせているあいだに、キッチンでお茶を淹《い》れることにした。母ならお客さんにつき合って、後ろで一緒に手を合わせるのだが、私は間がもたなくて遠慮している。

電気ケトルのスイッチを入れたとき、携帯が鳴った。画面を見ると、母からだった。

『あ、美沙希？　店が急に立て込んじゃって、連絡もできなかったんだけど。今日ね、お父さんの古い知り合いの方が見えるはずなの』

「もう来てるよ……滝本さん」

『ああ、やっぱり？　時間過ぎてるもんね。ごめんごめん、一時までにはいったん戻るつもりだったんだけど、今日、バイトのユウちゃんが病欠で、トシさんとヨシコさんだけじゃ手が足りなくて』

この浜松市は、町内に一店は必ずあると言われるほど、餃子店《ギョーザ》が多い。うちは『あかばね』という、浜松餃子の店を経営していた。

いつもなら母と従業員ふたりが餃子作りに専念し、アルバイトの女性が客を捌《さば》いているのだが、今日は母がお客の応対をしなければならず、日曜日の昼だけにてんてこまいのようだ。

『あと三十分くらいで、一段落すると思うから、そう伝えてくれる？』

「わかった」

国道沿いにある店からは、車で十五分。遅くとも二時までには母も帰るだろう。

『お蔦《つた》さんには、テレビでも見ながら待っててもらって』

「おつたさん？」

『滝本さんの愛称。お父さんもおばあちゃんもそう呼ぶから、移っちゃって』

その呼び名はぴったりで、あくまで心の中だけだが、私の中でもすぐに定着した。

『ああ、ごめん、もう戻らないと。じゃあ、頼んだよ』

慌《あわただ》しく電話が切られ、和室を覗《のぞ》くと、すでにお参りは済んだようだ。座布団を外してから、私に向かってていねいに一礼する。急いで畳に正座して、ありがとうございました、とお辞儀《じぎ》を返した。こういうお作法は、何度やってもいまいち慣れない。

「蠟燭の火は、消しても構わないかい？」

「はい、お願いします」

着物の右袖を左手で押さえて、ぴんと指を立てた右手で火を扇ぐ。一度だけで火が消えた。

それから薄紫色の数珠《じゅず》を、同じ色の小さな和装バッグに収める。

ひとつひとつの動作がきれいで、つい見惚《みと》れてしまった。

「いま、母から電話があって、店が立て込んでもう少し遅れるそうです。二時までには戻るそうなので、待っててもらえますか?」

「ええ、構いませんよ。そういや日曜の昼時といえば、いちばん忙しい時間帯だったね。あたしも履物屋の店主でね、日帰りのつもりで東京から来たんだよ。お母さんには、無理をさせちまったかもしれないね」

何というか、言葉遣いが独特だ。ぞんざいにもきこえるが、きれいな所作と相まって、この人には似合いに思える。こういうのを、何というんだっけ? ぴったりの言葉があったような気がしたが、思い出せない。

居間に通してソファを勧め、台所に戻った拍子に思い出した。

そうだ、粋だ。年配の女性は見慣れているが、こんなに粋なおばあさんは初めてだ。

電気ケトルのスイッチはとっくに切れていたが、日本茶なら少し冷めたくらいでちょうどいい。客用の茶碗を茶托《ちゃたく》に載せてお茶を注ぎ、居間のテーブルに運んだ。

「お茶、どうぞ……あ、何かお菓子を……」

「ああ、お気遣いなく。甘いものは苦手でね」

「スイーツ、嫌いですか?」

「まったくダメでね。ああ、そうそう……これをお仏壇に供えるのを、すっかり忘れていたよ」

風呂敷をレジ袋の形にしたような、千鳥柄の布袋から白い紙袋が出てきた。渡されて中を覗くと、青地に白い模様の入ったお洒落《しゃれ》な菓子箱が収まっている。菓子箱に印字された長い横文字を読んで、つい弾んだ声が出た。

「ここって、有名なチョコレートのお店ですよね?」

「よく知ってるね。あたしは甘味《かんみ》には不調法だからね、孫に調べてもらって東京駅で買ってきたんだ」

「うわあ、ここのチョコ、一度食べてみたかったんです」

「そりゃ糠喜《ぬかよろこ》びさせて悪かったね。残念ながら、中身はチョコレートじゃないんだよ」

「何ですか?」

「マロングラッセさ。お父さんは昔から、目がなくてね」

「へええ、知りませんでした」

少し意外に思えた。父は下戸で甘党だったが、特に食べ物に注文をつける人でもなかったから、マロングラッセが好物だなんて初耳だった。

「チョコレートじゃないけど、よかったら味見しておくれ」

いったん台所に戻って箱を開けると、金や銀の丸い包みのお菓子が十二個。三種類の味が四つずつ入っていた。楽しみで思わずにんまりしたが、まずはお父さんに供えないと。一種類ずつ三個を白い皿に載せて、仏壇にお供えした。

お蔦さんはお茶を飲みながら、少しめずらしそうに室内をながめている。

「家を、建て替えたんだね。ずっと前に津和と一緒に訪ねたときは、日本家屋だった」

「ああ、はい、もう十年くらい前ですけど。祖父が建てた前の家は古くて、大きな台風の後に、雨漏りしはじめて」

その機会に、洋風の家に建て替えた。前の古い家よりは、断然住み心地がいい。

お蔦さんは、和室とは反対側、テレビ台の方をながめている。

「あのう、もしかして、見たい番組でも？」

「いや、そうじゃないんだ。前はあの辺に、飾り棚があったろう？」

飾り棚と言われたとたん、ぎくりとした。急にそわそわと落ち着かない気分が募《つの》る。気を逸《そ》らせるように、裏返った声が出た。

「マロングラッセ、いま食べてもいいですか？」

「ああ、もちろん」

自分の分のお茶をマグカップに注いで、箱の中からひとつとって居間に戻る。テレビに相手を任せてもよかったのに、お蔦さんとは対角線になる、斜め前の位置に座った。

「本当に、食べないんですか？」

「ああ、気にしないでおくれ」

「じゃあ、遠慮なく」

マロングラッセは、プレーンとチョコに加えて、洋梨のブランデー入りの三種類。じっくりと吟味したが、まずはプレーンからだろう。金紙を開けると、立派な栗が出てきた。一口で食べてしまうのが惜しくて、半分だけかじる。

変な表現だが、思っていたよりずっと栗っぽい。マロングラッセというと、もっとねっとりして甘いものと捉えていたが、香りのいい甘栗といった印象だ。栗の硬さと、かすかに残る渋皮の風味で、大人な味になっている。残り半分を口に入れて、ゆっくりと味わう。

これならスイーツが苦手でも、食べられそうな気もする。再度勧めてみたが、丁重に断られた。

「自分じゃ好まないが、甘いものを食べるようすをながめているのは好きでね。だって、幸せそうじゃないか」

目尻に笑いじわが刻まれた。つい私も笑顔になる。

初対面に等しいおばあさんとふたりきり。こんな状況は気詰まりで、いつもなら五分ともちそうにない。炭酸飲料とお菓子をもって二階の自室に籠もる方が、よほど楽だ。面倒を承知で、どうしてわざわざ相手をすることにしたのか、我ながら首をひねりたくなる。

ひとつには、鬱陶《うっとう》しいやりとりをしなくて済むためかもしれない。

『あら、美沙希ちゃん、大きくなったわねえ。すっかり大人になっちゃって。この前会ったときは、まだ小学生で、こおんなに小さかったのに』

久々に会う大人の定番は、まずこれだ。父の葬儀の席では、大変だった。家族葬とはいえ、浜松周辺にいる親戚が十五、六人は集まった。私と母だけではあまりに寂しいし、葬儀の手配などもしてくれてたいそう助かったが、半トーン高い声の女性陣にこの台詞《せりふ》をくり返されて、さすがに疲れた。

ちょっと興味がわいて、ためしにきいてみた。

「前に会ったことがありますか？　そのう、私の小さい頃に」

「ああ、あるよ、一度だけ。津和と一緒に、前の家に寄せてもらってね」

「すみません、覚えてなくて」

「幼稚園に入る前、たしか三歳くらいだったからね。覚えてなくてあたりまえだよ」

さばさばと言って、お茶を一口含む。

「ただ話だけは、さんざっぱら津和からきかされていてね」

「え……どんな話ですか？」

「とにかく延々と孫自慢さね。しっかり者で頭が良くて親思いで……」

「もうそのくらいで……おばあちゃんたら恥ずかしい」

「謙遜《けんそん》することはないさ。実際、私立の進学校に通っているんだろ？」

「一応……高等部の一年です」

へえ、と意外そうに目を見張った。

「うちの孫も歳は同じなんだがね、まるで子供に見えるよ。男の子でね、まあ、小柄で童顔て見掛けもあるけど、やっぱり男女の違いかね。女の子の方が、精神年齢が三つは上だときくからね」

小柄で童顔なその男の子は、いまごろくしゃみをしているに違いない。

ふっと笑いをこぼした拍子に、心配事が口を衝《つ》いた。

「でも……もしかしたら学校、やめることになるかも」

「どうして？　学校が合わないのかい？」

「そうじゃなく……お父さんが死んじゃったから。その、学費とか。お母さんひとりじゃ、大変じゃないかって……」

「ひとり娘の学費くらい、父親が前もって用意してるだろ。吉次はそういう性分だったからね。役者にしてはめずらしいほどきっちりして、堅物《かたぶつ》と噂《うわさ》されていた。だから半ば駆落ちみたいにして、浜枝と一緒になったときには誰もが驚いたよ」

私の母ではなく、前の奥さんの吹子さんの話だ。親戚などからちらほら入ってくるものの、きちんと話してもらったことはない。

「お父さんの昔の話、してもらえませんか？」

「津和から、きいてないのかい？」

「おばあちゃんは、お父さんへの恨み言ばかりで。大事な娘を、こんな歳の離れたじいさんに取られたって」

「そりゃあ津和にしてみりゃ、もっともな文句だね」

父と母は、二十一歳も歳が離れている。父は祖母やお蔦さんと同年代で、前の奥さんを亡くして、十年近く経った頃、母と再婚した。

当時、母は、静岡県内の大学に在籍していた。静岡と浜松、ふたつのキャンパスがあり、学部の関係で、母は浜松キャンパスに通っていた。

東京在住の祖父母は、初めてひとり暮らしをさせる娘を、心配したのだろう。浜松の唯一の知り合いである父に、後見役を頼んだ。

『一生の不覚だよ。まさか、あんな中年親父と娘がくっつくなんて思いもしなかった』

とは、祖母の口癖だ。どうして父と結婚したのか、母にたずねると、決まって同じこたえが返ってきた。

『お父さんの作る餃子があんまり美味《おい》しくて、お店に通ったの』

もともとは父方の祖父が開いた店で、吹子さんと結婚したときに、父は役者をやめて家業を継ぐ決心をした。祖父は私が生まれる前に他界したが、母が店に通っていた頃はまだ健在で、親子ふたりで餃子を作っていた。

母はその店に、多いときには週五で通っていたらしい。たぶん餃子以外にも、楽しみができたからだ。カウンターに座り、餃子を頰張《ほおば》りながら、その日あった出来事や試験の成績、友人とのいざこざまで、あれこれと語る。何を話しても、父は嫌な顔をせず、短い相槌《あいづち》を挟みながらきいてくれる。

『しかも手だけは一瞬たりとも休まず、餃子の餡《あん》を包んでいてね』

その手さばきが流れるように鮮やかで、それもポイントだったとノロケられた。

両親の距離がぐっと近づいたのには、もうひとつ理由がある。

接客を担当していた父方の祖母が、一時期からだをこわして入院したためだ。母は別の飲食店でアルバイトをしていたが、直ちに立候補して『あかばね』で働くことにした。

時給はむしろ下がったというから、母はもしかしたら、その頃から父を意識していたのかもしれない。もともとの人手不足もあり、祖母が職場復帰してからもバイトを続け、大学の卒業が決まったときに、母の方から交際を申し込んだ。

『そんなことをしたら、おばあちゃんに殺されるって、お父さんたら最初はなかなか承知してくれなかったの』

年齢に加えて、自身は一度結婚しており、母と歳の近い息子もいる。

私には異母兄にあたる剛士《つよし》さんは、母の三つ下で、大阪の大学に通っていた。

父はいくつもの理由を並べ立て、大いに尻込みしたそうだが、本当の気掛かりはそういう世間的なことではなく、前の奥さんの吹子さんに気兼ねしたかもしれない。

駆落ちに近い形で親元から引き離したあげく、病気で早逝させてしまった。責任を感じて、苦い後悔が残っていたと、だいぶ後になってから父は母に打ち明けたそうだ。

それでも、恋愛に迷いのない女性ほど強いものはない。

大学卒業後、浜松市内の企業に就職したのも、長期戦になると見越していたためだ。それから足掛け五年後、結婚を成就《じょうじゅ》させた。

私にはそんな真似、とうていできそうにない。母のポジティブ思考は、私には遺伝しなかった。

「あんたは顔立ちも雰囲気も、吉次に似ているね」

「よく言われます。ちょっとコンプレックスなんですけど」

「そうかい？　あたしらは漏れなく、吉次には世話になったよ。撮影所帰りに、よくたむろしては皆で呑《の》んで騒いで、毎度、吉次に面倒をかけていた」

「お父さん、下戸だから」

「若い時は酒の呑み方を知らなくて、潰れるまで呑むのが相場でね。明け方に正気に戻るまで、吉次がひとりで介抱してくれたんだ。損な役回りなのに、文句ひとつこぼさずにね。隙あらば女に手を出そうとする輩《やから》も中にはいたがね、そんな嫌らしい真似もしない。浜枝が惚《ほ》れるのも、当然さね」

浜枝こと吹子さんは、照明機材を製作する会社のお嬢様だった。私も昔の写真を見たことがあるが、びっくりするほど綺麗な人だった。スタジオ見学に来た折に、その美貌《びぼう》を見初《みそ》められて映画会社の人にスカウトされたのだと、お蔦さんは語った。

「ただ、社長をしていた浜枝の父親は、決して乗り気ではなかったようだね。映画会社はいわば、お得意様だからね。無下《むげ》に断ることもできず、何よりも当の浜枝が強く望んだ。しぶしぶ承諾したものの、役者に娘をくれてやるつもりなぞ、さらさらなかった」

「反対されたのは、父が売れない役者だったから、ですよね？」

「いや、それは関係なかったと思うよ。あの頃はいまよりずっと役者の地位が低くてね、やくざな商売と思われていた。まあ実際、専業で食べていけるのは、ほんの一握りだからね」

昔のお仲間の中で、その一握りにいたのはお蔦さんだけだと、後になって祖母からきかされた。

時代物の映画に出演した役者仲間で、一作目が人気を博し、同じシリーズで三作が作られた。主人公は渋いお侍で、恋仲となる芸者役のヒロインを、お蔦さんが務めていた。

撮影が終わると、主役やメインキャストは、監督やスポンサーと料亭に流れるのがお決まりだったのに、お蔦さんだけは、新人や下っ端役者とともに居酒屋などにくり出すのが常だったそうだ。

「でも、駆落ち同然だなんて、それこそ映画みたい」

「吉次は先々を考えて、迷っていた時期もあったんだがね、浜枝がとにかく一途《いちず》でね。吉次も腹を決めたんだ」

母との顚末《てんまつ》にどこか似ている。父は強引な女性に縁があるようだ。

「いまでもよく覚えているよ。仲間みんなで東京駅のホームでふたりを見送ったんだ。ふたりとも美男美女だからね、本当に映画のようだった」

懐《なつ》かしそうに、目許だけで微笑《ほほえ》んだ。

「吹子さんは、幸せだったのかな……」

「それだけは保証するよ。浜枝が入院したとき、津和とふたりで見舞いに行ってね……吉次と一緒になって良かったと、心から言っていた。病みやつれているのに、何とも幸せそうでね」

父や祖母からは、きけない話だった。私が子供だったから、との理由もあるだろうが、母の手前もあってか、吹子さんの話題は滅多に出なかった。

それにはたぶん、長男の剛士さんの態度も、根底にあるのかもしれない。

両親が結婚したとき、剛士さんは二十四歳だった。

大学のあった大阪で就職していて、父の再婚に、特に異を唱えることもなかったそうだが、それ以降、ほとんど浜松には帰ってこなくなった。

自分と三つしか離れていない若い後妻にも抵抗があったろうし、もともと父と剛士さんは、決して仲のいい親子ではなかったそうだ。中学生のときにお母さんを亡くしてからは、よけいに距離が開いてしまった。たぶんどちらも、感情の表現が苦手なのだろう。私もやっぱり同じだが、男性となるとなおさら顔には出さないのかもしれない。

唯一、帰省するのは、実のお母さんの法事のときだけで、私も数えるほどしか会っていない。別に嫌な態度を取られたわけではないが、妹として特に可愛がられた記憶もない。遠くにいる親戚と同様に、あまり縁のないおじさんと捉えていた。

父のお葬式の席ですら、ずっと泣きどおしの母とは違って、どこか淡々として見えた。父とは最後まで疎遠な間柄だったが、母親に対しての思いは別だった。

四十九日の法事の後、初めてそれを思い知った。

『母の形見として、ひとつだけ、いただきたいものがあります』

あのときだけは、剛士さんの表情が違って見えた。いつもより表情がくっきりとして、口許は頑《かたく》なに結ばれていた。

ああ、この人は、色々なものを我慢してきたんだな――。

唐突に、そう思った。我慢させたのは、母と私だ。この歳の離れた兄が享受するはずのさまざまなものを、私とお母さんが奪ってしまった。それでも兄は不平すら言わず、黙って耐えてきたのだ。

もちろん、と母は即座に応じたが、肝心のその品は、家の中のどこにもなかった――。

「で、剛士が要求した、金の兎のことだがね」

びくん、と思わず肩がはずんだ。父の昔話をきいているうちに、いつの間にか半月前の兄の姿を思い出していた。話の脈絡がわからず、こたえに躊躇《ちゅうちょ》する。

「大丈夫かい？　真っ青だよ」

「……はい。それよりも、金の兎は？　どこかにあったんですか？」

「ああ、見つけたよ」

「本当ですか！　いったいどこに？」

切羽詰まった声で、叫ぶようにたずねた。

心配そうに向けられていた瞳が、何かに気づいたように見開かれる。

「もしかして、自分があの置物をなくしたとでも、思っていたのかい？」

肩が自然とすぼまって、うつむいたまま、こくりとうなずいた。

「そうかい、そりゃあ辛い思いをしたね。でも、もう心配はいらないよ。あの金の兎についちゃ、あんたは何も悪くないし、関わってもいないからね」

「ほんと……ですか……？」

「間違いないよ。あたしがちゃんと、調べてきたからね」

とたんに涙があふれた。人前で泣くなんて恥ずかしい。でも止めようがなかった。

父の四十九日の法事から二週間、ずっとずっと怖かった。できるだけ平気なふりを通していたが、ずっと頭から離れなかった。

「お母さんが帰ってから話すつもりでいたんだがね、先にきかせてあげようか」

「お願いします！」

「その前に、庭で一服しても構わないかい？　ああ、灰皿は要らないよ。携帯用のを持っているからね」

ベランダからつっかけを引っかけて、庭に出ていった。

そのあいだに、コーヒーを淹れる。お湯が沸くあいだ、何故《なぜ》かものすごく甘いものが食べたくなって、マロングラッセを口に放り込んだ。

洋梨のブランデーのせいだろうか、少しほろ苦い味がした。

金の兎とは、父と吹子さんの結婚祝いに贈られた、純金製の兎の置物だった。

「あの置物のことは、津和やあたしも覚えていてね。あれは監督からのお祝いの品だったんだ」

「監督……？」

「ほら、さっき言ったろ？　同じシリーズの時代劇に出ていたって。あの映画の監督だよ。とかく太っ腹で有名な人でね」

祝儀としてはあまりに高価だが、あの監督なら不思議はないと誰もが納得した。家を勘当された吹子さんと、彼女を守るため役者の道をあきらめて浜松で家業を継ぐ決心をした父を、激励する心づもりもあったのではないかと、当時は噂されていたという。

「あれはそんなに、価値のあるものだったんですか？」

お蔦さんは、ちらりと私を見て、珈琲《コーヒー》カップを口から離した。

「そうだね……純金製で百五十グラムあるから、いまの金相場から単純計算すると、九十万から百万てところかね」

「そんなに……」

「置物に加工してあるから、それで値がどう上下するかは、わからないがね」

いずれにせよ、うちには分不相応な高価な品だ。

剛士さんの話では、昔は居間の棚に飾ってあったという。

最初は仰々しいガラスケースに入れられて、作家の銘の入った墨書《すみが》きの札も添えられていたそうだが、近所に空《あ》き巣が入ったときいてからは、盗難を恐れてケースを外し、目立たぬよう旅行土産《みやげ》の置物などと一緒に、飾り棚に並べてあった。

『この兎はね、幸運のお守りなのよ。お父さんとお母さんと、それに剛士のね』

吹子さんは嬉しそうに、息子に語っていたそうだ。剛士さんにとって金の兎は、お母さんがいて幸せな頃の、家族の象徴そのものだった。家を出た後も、ずっと心にかかっていたという。

「ある程度、価値があるものだとは承知しています。私が受け取る遺産から、その分の額を差し引いても構いません。実は遺産は、辞退するつもりでいましたし」

とんでもない、と母は青くなった。自分が後妻になったことで、図らずも剛士さんを追い出すような形になった。結婚した当初は何かと理由をつけて、剛士さんを家に招いたりもしたのだが、素っ気なく断られるだけだった。

『剛士ももう大人だ。構わなくていい、好きにさせてやれ』

父からもそう言われてくじけてしまったが、母はずっと義理の息子を気にかけていた。そんな剛士さんが、初めて口にした望みだ。遺産には関わりなく、兎の置物は喜んでお渡ししますとこたえた。

遺産といっても、祖父から継いだこの家と土地、そして国道沿いにある『あかばね』の店舗だけだ。店の土地は借地だが、店の資金繰りもあって現金の蓄えもある。

母は店の会計を頼んでいた税理士と相談して、不動産を含めた財産をすべて計算し、その四分の一を現金で剛士さんに渡すことにした。

なのに家中を探しても、肝心の金の兎が見つからない。

納戸も押し入れも外の物置も、くまなく検《あらた》めたのにどこにもなかった。

「どうしよう、剛士さんに何て言えば……」

何事にもポジティブ思考の母が、これぱかりは頭を抱えた。

「おかしいなあ、家を建て替える前には、たしかに飾り棚にあったような気がするのに」

「その頃はまだ、おばあちゃんが生きてたでしょ？　おばあちゃんが処分しちゃったとか」

「私ならともかく、きれい好きなお姑《かあ》さんには考えられないよ」

それればかりは大いに同意した。同居していた父方の祖母は、私が小学校に上がった翌年に亡くなったが、以来、目に見えて家の中がごちゃついてきた。仕事で忙しいと言い訳をしているが、母はもとより整理整頓が苦手なのだ。最近は、私が主に掃除を担当している。

「じゃあ、お母さんもその兎、覚えているんだね」

「美沙希だって、小さい頃は気に入っていたよ。覚えてない？　よくお父さんにせがんで、飾り棚から出してもらってたでしょ」

その瞬間、忘れていた光景が、頭の中によみがえった。

『うさしゃん、可愛いねえ』

いまより頼りない小さな手が、子供の掌に収まるほどの、金の兎をなでている。記憶の中で大写しになったのは、目を細めた父の笑顔だった。

『美沙希は本当に、その兎が好きなんだな』

『うん、大好き！　可愛いもん』

涙が出そうになった。小さいときは、父の後ばかりついてまわった。遅くに授かっただけに、娘に甘い父親だった。常にバタバタと忙しい母と違って、叱られた記憶すらほとんどなく、父の膝の上が何よりの安全地帯だった。

そんな父を、いつのまにか、疎《うと》ましく思うようになっていた。

たぶん、中学に上がる少し前の頃だ。

『えっ、いまの人、お父さんなの？　おじいちゃんかと思った！』

友達の一言に、かっとからだが熱くなった。母より二十歳以上も年上の父親だ。似たようなことは、それまでにも言われていた。なのに急にその事実が、とても恥ずかしいことのように思えた。

だんだんと父と距離をとるようになり、ここ二、三年はまともに会話すらしていない。

父は少し悲しそうにしながらも、娘を責めることはしなかった。

他所《よそ》のお父さんよりも、うんと年をとっている。それだけ、父と過ごす時間が短いことは、わかっていたはずだ。わかっていて、あえて目を背けた。そのつけが、突然まわってきた。

父は誰よりも早く店に出て、仕込みをする。その折に、倒れたのだ。脳溢血《のういっけつ》だった。

母が見つけて救急車で病院に運んだが、一度も目を覚ますことなく三日目に亡くなった。

あまりに急で、うまく悲しむことすらできなかった。お葬式の席でもぼんやりとして、時時、何の脈絡もなく涙がこぼれることはあっても、何のための涙かよくわからない。

ひと月が経ち、父の四十九日が来ても、目に映る事々は妙に平坦なままで、自分がどこか遠くにいるような気がしていたが、そのとき初めて、父の喪失が抉るように胸を突いた。

あんなにいいお父さんだったのに――。どうしてつまらない見栄で遠ざけたのか。どうして悲しませるような態度をとったのか。どうしてありがとうもごめんなさいも言えぬまま見送ったのか。

父の脳裡《のうり》に最後に映ったのは、冷淡で情けない娘の姿だ——。

そう思うと、たまらなかった。母の前で、わあわあと子供のように、声をあげて泣いた。

母はひどくびっくりしたようだが、私を抱きしめて、一緒に涙をこぼした。

父との思い出が、涙と一緒に次から次へとあふれてきたが、ある声がその感傷を止めた。

幼い私の声だ。

『お父さん、このうしゃぎ、美沙希にちょうだい』

父の笑みが深くなり、大きな手が私の頭をなでた。でも、記憶の中をいくら探しても、父のこたえは見つからない。父が何とこたえたか、わからない。

怖ろしい考えがひらめいて、熱い涙が凍りそうなほど背筋が冷えた。

幼い娘に乞われるままに、父は金の兎を娘に与えたのではないか。それを私が外にもち出して、なくしてしまったのではないか——。

その想像があまりに怖くて、とてもひとりでは抱えきれなかった。その場で正直に打ち明けると、母は戸惑った顔をした。

「美沙希があの兎をもらったなんて、私も記憶にないし、たぶん思い過ごしだよ」

慰めてくれたが、残念ながら母の記憶力は当てにならない。不安の消えない娘のために、母はもうひとりの祖母に電話をかけた。

「そう、あの置物の金の兎。お母さん、何かきいてないかな？　剛士さんのために、何としても探し出したくて」

祖母の津和も兎の行方には心当たりがなく、真っ先に相談をもちかけたのが、お蔦さんだった。

「津和から電話をもらったときは、面食らったよ。いくら昔馴染みとはいえ、他人《ひと》さまのご祝儀の行方なぞ、わかるはずがないだろって返したんだ」

もっともな話だ。それでも昔の役者仲間の中で、いまもつき合いがあるのは、父を除けばお蔦さんだけだった。ともに東京に住んでいて、一年に一度、毎年同じ時期に食事をするのが慣《なら》いになっていたのだそうだ。

「大方、何かの都合で吉次が手放した。そう考えるのが道理だろ？　でもね、電話を切ってから、それも何となく、腑《ふ》に落ちないようにも思えてね」

「腑に落ちないって、どこがですか？」

「あのご祝儀を贈られたときのやりとりを、ふと思い出してね。監督が冗談めかして言ったんだよ。『純金だから、いざというときには金に換えてくれ』ってね」

しかし父は、はっきりと首を横にふった。

『どんなに貧乏になっても、この兎だけは手放しません。一生大事にします』

『吉次は固いなあ。浜枝に苦労をかけるより、売ってもらった方がおれも本望だよ』

『じゃあ、もしも手放す必要に迫られたら、必ず監督のご承諾をとります』

お蔦さんは、監督と父のやりとりを私に披露《ひろう》した。

「それでね、ためしに園部《そのべ》監督のお宅を訪ねてみたんだよ」

「何か、わかったんですか？」

「ああ、びっくりなことをきかされたよ」

園部監督はすでに亡くなっていたが、生前は年賀状をやりとりしていたから、住所や電話番号は控えてある。連絡してみると、幸いにも監督の奥さんがいまも住んでいて、当の祝儀についても覚えていた。もちろん、いまどこにあるかは、まったく心当たりがないが、あの金の兎のことで話しておきたいことがある。そう告げられて、お蔦さんは監督のお宅を訪ねたという。

「驚いたことに、あの兎の本当の贈り主は、監督じゃなかったんだ」

「どういう、ことですか？」

「監督は本当の贈り主に頼まれて、祝儀として渡したってことさね」

「本当の贈り主って……？」

「浜枝を勘当した、お父さんだよ」

えっ、と驚きが声になった。

「父との結婚に反対して、娘との縁を切ったのに、高価なご祝儀を贈ったってことですか?」

「そこが昭和の男の厄介なところでねぇ」

お蔦さんはため息をついて、珈琲《コーヒー》カップを手にとった。

吹子さんは三人兄妹の末っ子で、お兄さんがふたり。いわばひとり娘だった。役者との結婚はどうしても許せなかったが、娘の先行きは心配でならない。万が一、娘が困ったとき、お金の工面ができるようにと、太っ腹で有名な映画監督に純金の兎を託したのだ。

「父はそのことを、知っていたんですか?」

「娘には決して明かすな、墓場までもっていくようにと、監督は浜枝のお父さんから頼まれていたらしいがね。当の浜枝が亡くなったら、さすがに時効だろ?」

吹子さんの訃報を受けとった折、園部監督はまだ存命で、経緯を手紙に書いて父に送った。奥さんが知っていたのは、そこまでだった。

「その話をきいて、もしかしたらと思いついてね。映画の制作会社にいた知人を通して、浜枝の実家に連絡したんだ。そうしたら、長男のお兄さんから話をきくことができてね」

吹子さんの実家は、いまも撮影機材の販売やレンタルを行っている。会社は長男であった吹子さんのお兄さんが継いだが、すでに代替わりして相談役に退《しりぞ》いているという。

そしてそのお兄さんが、金の兎のその後の顛末を知っていた。

「金の兎はね、お父さんから受け継いで、お兄さんが大事に保管していたよ」

一瞬、頭がごっちゃになって、呑み込むのに数秒かかった。

「それじゃあ、あの兎は……吹子さんのお兄さんのところにあったんですか？」

「ああ、現物をこの目で見てきたからね。間違いないよ」

「どうして、そんなところに……？」

「そりゃあもちろん、吉次があちらさんに届けたからだよ」

「お父さんが、どうして？　すみません、わけがわかりません」

だろうね、とお蔦さんが微笑する。

「ひと言で言えば、親心かね」

「親心……」

「あの兎には、浜枝のお父さんの親心が詰まっている。だからこそ吉次は、浜枝の形見として、お父さんの手許に返すことにしたんだ」

吹子さんの旧姓は、玉野《たまの》という。吹子さんが病気になり、長くないと知ったとき、父はそれを玉野家に知らせた。お母さんとふたりのお兄さんはすぐに浜松まで会いにきたが、吹子さんの意向で、お父さんだけは姿を見せなかった。

夫を拒み続けた父親を、吹子さんも最後まで許そうとしなかったのだ。頑固ばかりはよく似た親子だと、お兄さんはため息をついていたそうだ。

吹子さんの死後は、つき合いも自ずと断たれていたが、ふいに父が玉野家を訪ねたのは、いまから十一、二年前のことだという。

お父さんは九十代と高齢になっていて、耳はだいぶ遠くなっていたが、会話には支障がなかった。そのお父さんの前で、父は深々と頭を下げて、お詫《わ》びを告げたという。

「娘さんを奪うような真似をして、申し訳なかった。いまさらながら後悔していると吉次は謝罪して、金の兎をお父さんに返したそうだ」

「十一、二年前というと、吹子さんが亡くなって、だいぶ経ってからですよね？　どうして突然、そんなことを？」

「そりゃ、あんたが、美沙希が生まれたからだよ」

「……私？」

「娘をもつ父親の心境が、娘をもったことで身につまされてわかった。売れない役者と結婚なぞ、させたくない。お父さんの怒りや心配が、手にとるように実感できた。吉次はそう、言ったそうだ」

胸の辺りがきゅっと絞られて、また泣けそうになった。

「お父さんたら、馬鹿だね……」

「まあ、親だからね。娘をもつ父親は、なおさらだよ」

娘の死に目にすら会おうとしなかったお父さんは、涙を流して金の兎を受けとったという。亡くなったのは、そのひと月後だった。

年月を計算すると、私が父に金の兎をねだった頃と重なる。もしかしたら、私がせがんだことがきっかけになったのかもしれない。本当の贈り主の手許に戻すことで、金の兎に込められた親心を、大事にすくい取りたいと父は願ったのか――。

その気持ちは、そっくり私への親心となって胸に落ちた。

目の前がぼやけてきたとき、玄関のドアが開いて、騒々しい母の声がした。


「お父さんたら、ひと言言ってくれればいいのに」

改めてお蔦さんから経緯をきいた母は、子供っぽく少しむくれた。

「吹子さんのことだから、私には遠慮があったのかな……」

「というよりも、娘への情を口にするなんて、たとえ奥さんでもきまりが悪かったんじゃないのかい？　吉次もやっぱり昭和の男だからねえ」

なるほどと、母が納得顔でうなずく。

「それで、肝心の金の兎は……こちらから頼んだら、譲っていただけるでしょうか？」

「剛士さんのことを先方に話したら、快く承諾してくれたよ。吹子の息子に渡るなら、父も喜ぶだろうってね」

お蔦さんは、玉野のお兄さんの名刺を母に渡した。

甥にあたる剛士さんとも会いたいし、兎の引き渡し方法も相談したい。一度、剛士さんから連絡をしてほしいと、託されたのだそうだ。

「そうですか！　ああ、良かった！　おかげでどうにか、剛士さんに顔向けできます」

母が大げさに息をつき、お蔦さんにていねいに礼を述べた。

「構やしないよ。電話で済ませることもできたんだがね、久しぶりに浜松餃子が食べたくなってね」

「もちろんです！　それくらいしかお礼ができなくて……このとおり、店からたっぷりと調達してきましたから」

『あかばね』の文字に、餃子の絵が入ったビニール袋をテーブルに置く。お蔦さんへのお土産だった。履物店を休むわけにはいかないから、今日のうちに東京に帰るという。

中を覗き込んで、お蔦さんが面食らった顔をする。

「これはさすがに、量が多過ぎやしないかい？　たっぷり百個はありそうだよ」

「ご家族は三人でしたよね？　それならこのくらい、ふつうですよ。浜松餃子は皮が薄くて、白菜やニラの代わりに、キャベツや玉ネギを入れるんです。あっさりしているから、いくらでも入りますよ」

そういうものかい、と応えて、マロングラッセを入れてきた袋に餃子を入れた。

「それと、できれば茹でモヤシを添えてください。店で出すときは円形に焼き上げて、真ん中にモヤシを盛るのが定番なんです」

「ああ、料理人の孫に伝えておくよ」

「孫って、私と同学年の？　たしか、男の子じゃ……」

「うちは代々、男が料理をする家系でね」

お蔦さんは、ちょっと誇らしそうに胸を張った。

「え？　モヤシ？　モヤシならあるけど、お蔦さんの方こそ、晩ご飯までに間に合うの？　まだ浜松だよね？」

短いやりとりをして、祖母の電話はすぐに切れた。遊びに来ていた洋平が、居間から顔を出す。

「いまの、お蔦さん？　モヤシって何だよ？」

「いや、お土産は浜松餃子らしいけど、モヤシが必要なんだって」

「うおっ、マジ？　おれも食いたい、浜松餃子！」

「八時過ぎまで待てるなら、食べていけよ。そのくらいに、こっちに着くらしいから」

ヒャッホー、と大げさに喜んで、遅い夕飯までのお凌ぎにと、さっそくスナックの袋をあける。僕は台所に行って、冷蔵庫の野菜室を確認する。

「モヤシって、餃子にどう絡むんだ？　茹でるのかな、炒めるのかな……」

モヤシの袋とにらめっこをしながら、首をひねった。

幸せの形

どうしよう。まさかここまでとは、思わなかった……。

「わわ、砂糖はそんなにいっぺんに入れないで！　ほら、少しずつって書いてあるだろ」

「でも、動画ではささっと全部入れてたよ」

「あれは時間短縮して、そう見えるだけ」

「少しずつって、どれくらい？　五グラムずつ？　それとも十グラム？」

適当に三、四回に分ければいいのだが、この適当の部分が、初心者には難しいようだ。

「もういっぺん動画見て。ほら、最初に入れた砂糖の量、このくらいだよ」

「見た感じ、十五グラムくらいかな……きっちり同じ量にしなくてもいいの？」

「大丈夫。入れ過ぎた砂糖は、スプーンでのけて、と」

卵白を泡立てて、砂糖を少しずつ加えながら、ツノが立つまでしっかり泡立てる——メレンゲの法則だ。この序盤戦で、僕は早くも後悔していた。

「せめて別立てじゃなく、作業工程の少ない共立てにすればよかったかな……」

楓《かえで》にきこえないよう、口の中で呟いた。

今日は奉介《ほうすけ》おじさんの誕生日。一週間前に楓から相談を受けて、初めて知った。

「へえ、奉介おじさんて、十一月生まれだったんだ」

「うん、それでね、誕生日会やりたいなって。望《のぞむ》やお蔦《つた》さんも一緒に」

「だったら、うちでやる？　料理なら任せて、おじさんのために腕をふるうよ」

大人の誕生日というのは、意外と話題に出ない。歳をとっても、あまりおめでたくないってことか。

「あたしも……あたしもね、お父さんのために何か作りたいんだ……できれば、ケーキを」

「いいね、それ。おじさんもきっと喜ぶよ」

「でも、うちにはお菓子作りの道具がなくて。実は作り方も知らなくて……望に手伝ってもらえないかなって」

申し訳なさそうにお願いされたが、当然僕は、全力で了解した。

「もちろん！　うちの台所で一緒に作ろうよ」

僕が料理して、となりで楓がケーキを焼く。思い描いただけで、ほわわんと幸せになる。

実を言えば、僕もケーキは未経験だ。それでも、タルトやクッキーは作ったし、レシピや動画を見れば何とかなるだろうと、軽く考えていた。

ただひとつ計算外だったのは、楓の料理経験値《スキル》だ。まさかお蔦さんクラスの料理音痴がここにもいたなんて、思いもしなかった。

「スポンジケーキは、別立てと共立てがあるらしいけど、どっちがいいかな……」

卵を黄身と白身に分けて泡立てるのが別立て、全卵を使うのが共立てだ。別立ての方が気泡を多く含むから、たとえばシフォンケーキなどに向いている。ただし思ったとおりにふくらまなかったり、焼いた後に空気が抜けてしぼんだり、なんてことも起こり得る。

「どっちが美味しいの?」

「好みによりけりだけど、別立ての方が、気泡が多くてふんわりするって書いてある」

携帯の画面を見ながらこたえ、その場で別立てで作ることに決まった。

誕生日はちょうど日曜日に当たったたし、今日の昼過ぎ、一緒にケーキの材料を買いに行ったときも、まだ、ほわわんは続いていた。

「やっぱり、イチゴのケーキにしたいんだ、お誕生日らしいから。イチゴあるかな?」

「いまの時期なら、一応あるはずだけど……ただ、値段がなあ」

イチゴは十一月の末くらいから果物売り場で見掛けるけど、クリスマス需要もあって、年末までは値段が高い。年が明けると、がくんと値が落ちるから、その辺が買い時だ。

「うわ、やっぱり高いなあ。こんな小さいパックで、七百円もする」

「量が少ないから、ひとつじゃ足りないよね? ふたつでギリギリ、三つだと予算オーバーになりそう。あと、何が必要? 小麦粉や卵もいるよね」

「その辺は、うちのを使いなよ。余っても仕方ないし」

楓はケーキの材料費をすべて、自分のお小遣いから出すつもりでいたようだが、うちにある材料は使ってもらうことにした。それでも生クリームとイチゴだけで、月末の高校生のお小遣いには、かなり厳しい。

「イチゴはひとつだけ買って、ケーキの上の飾りにして、あとは缶詰フルーツで代用するのは？　色んなフルーツがある方が、味も見た目も華やかになるかも」

ためしに缶詰売り場に行ってみると、予想した以上に、色んなフルーツ缶があった。

「そういえば、イチゴの缶詰ってないよね。どうしてだろ？」

「言われてみれば……バナナやメロンの缶詰も、見たことないね」

何でも携帯で、調べる癖がついている。缶詰は加熱殺菌を施すが、その過程で味が劣化したり変色したりする果物もある。イチゴやバナナはそのたぐいだそうだ。

ここでもひとしきり迷って、黄桃とブルーベリーにした。ふた缶で三百二十円と、お財布に優しい。イチゴひとパックと生クリームも籠《かご》に入れ、無事に予算内に収まった。

これで峠を越えたつもりでいたが、その先にとんでもなく高い山がそびえていた。

「待って待って、黄身を入れたら、泡立て器は使わない。ゴムベラでさっくり混ぜて」

「その粉、ストップ！　粉はふるいながら入れないと。あと、バターはレンジで溶かしてね」

「え、予熱してないの？　ああ、設定は僕がやるよ。ええと、温度は百七十度、と」

本当はつきっきりでケーキの面倒を見たかったけど、その方がある意味楽だったけど。僕も料理を作りながらだったし、何より手を出し過ぎると、お父さんのためにと頑張っている、楓の気持ちに水を差す。子供のお手伝いをハラハラしながら見守る、親の心境だ。

「よし、オーブンに入れて二十分。焼けるまでのあいだに、飾りつけの準備をしないと」

生クリームとイチゴ、缶詰をテーブルに並べたが、楓は突っ立ったまま、しゅんとしている。

「ごめんね、望……あたし、本当に何もできなくて」

「初めてなんだから、あたりまえだよ。気に病むことないって」

「この前ね、調理実習でカップケーキ作ったんだ。うまくできたから、ケーキも焼けるかなって。でも、よく考えたら、同じグループに料理上手な子がいて、その指示どおりに動いていただけだった。自分でもできるかもって、勘違いしてた」

しぼんだケーキのように、楓の元気が抜けていた。

あれ？　こういうの、前にもあった。同じこの台所、ケーキの匂いも同じで、ふっと祖父の顔が浮かんだ。

「そうか、ホットケーキだ」

「ホットケーキ？」

「ああ、ごめん。僕も最初にホットケーキを焼いたとき、うまくできなくてさ。ものすごく落ち込んだんだ。それ、思い出した」

たしか小学校に入学して間もない頃、祖父がホットケーキを焼いてくれた。両面がきれいなきつね色で、お店で見るのと変わらない仕上がりだ。

先の細いおたまで、たねをすくってフライパンに広げるだけ。すごく簡単そうに見えたから、僕もやらせてもらったが、何度やっても祖父のようなきれいな金茶色にならない。

「一年生になったのに、どうしてできないんだろうって悔しくて。このテーブルの下に潜って、いつまでも拗《す》ねててさ。いい加減におし、ってお蔦さんに引っ張り出されて」

『できないなら、できるまでやるしかないじゃないか』と、ある意味あたりまえのことを言われて、それから祖父にこつを教わりながら何枚も焼いて、ようやく会心の作ができた。

鉄板にたねを落とす、高さや速度が意外なほどに大事で、できるようになってからは、家でやたらと作りたがり、しばらくホットケーキ三昧が続き、両親を辟易《へきえき》させた。

「楓も仮に、毎日ケーキを焼いたら、一週間でスポンジ名人になるよ」

「毎日は無理だなあ。食べる方が大変だし」

ちょっと笑って、それから妙に真面目《まじめ》な顔になった。

「うちのお母さん、料理をまったくしないんだ。若い頃はピアニスト志望だったから、指を切るのが怖くて、包丁はもてなかったって」

楓のお母さんは、いまはピアノの先生で、イベントなどで演奏や伴奏もするし、やはり指は大事にしている。慣れない人が包丁を使うのは、たしかに危ない。結局、料理はせず仕舞いで通して、いまに至るというわけだ。

家で料理をしなくても、困ることはない。外食はもちろん、美味《おい》しいパン屋や弁当屋もたくさんある。お惣菜《そうざい》も豊富だし、冷凍食品やレトルトも質が上がっている。

楓も朝はパンで、昼は学食、夜はお弁当か外食が多いという。

「うちではそれがあたりまえなのに、家庭料理を知らないっていうと、可哀想って言われるんだ……自分ではぴんとこないし、お母さんを責めるつもりもないよ。ただ、そう見えるのかなって、思うだけで」

曖昧《あいまい》な言いようは、楓の心の中をそのまま映している。

もしかしたら、ケーキを作ろうと思い立ったのは、その反動かもしれない。

毎日の家庭料理は無理でも、家族の誕生日にはケーキを焼く。ケーキは楓の中で、幸せの象徴で、それを手作りすれば、可哀想だという理不尽な決めつけを払拭できる――。

僕の勝手な憶測だけど、そんなふうにも思えた。

だからこそ、うまくできなくて、がっかりしたんだ。

「でも、楓とお母さんは、仲良しだよね？　ごはんも一緒に食べるんだよね？」

「うん、朝は毎日。夜は生徒さんの都合によってだから、週に三日くらいかな。食事のあいだもそれ以外も、何だかんだでずーっとしゃべってる」

「だったら、自慢しなよ。うちはあったかくて、いい家庭ですって」

「……自慢？　してもいいのかな？」

「あたりまえだよ。今度そんなこと言われたら、返してやりなよ。家庭料理なんかなくたって、うちは円満ですって」

料理はツールに過ぎない。たとえ毎日、手料理が載る食卓であっても、それを囲む家族の気持ちが冷えていたり、大きくすれ違っているなら本末転倒だ。

「そっか、そうだね。今度、試してみる」

楓に笑顔が戻ったとき、景気をつけるように、オーブンがチンと鳴った。


「ちょいと、遅過ぎやしないかい？　かれこれ一時間も、お預けを食らってるんだがね」

ケーキは飾りつけを済ませ、僕の料理も仕上がった。出掛けていた祖母が帰ってきて、楓のお母さんの有紀《ゆき》おばさんも到着した。なのに肝心の主役が姿を見せない。

「奉介には今日のこと、伝えてあるのかい？」

「サプライズにしたくって、お父さんには何も……」

「それなら、あと一時間は覚悟した方がいいかも。タイミングの神さまに、見放されてる人だから」

有紀おばさんが苦笑して、お蔦さんも大きくうなずく。

「お腹もすいたし、先に食べちまおうよ。楓のケーキがメインなんだろ？　それさえあれば、奉介は満足するさ」

「そうですね、明日は月曜だから、私も楓もあまり遅くまでいられないし」

主役抜きで、誕生会は始まってしまったが、女性が三人いれば十分ににぎやかだ。

ケーキの手伝いもあったから、メニューは比較的手間入らずで、かつ見栄えのいい料理にした。

二種類のブルスケッタに、スペアリブの和風フライと、アクアパッツァ。

ブルスケッタはイタリアの前菜で、薄くスライスしたパンを焼いてニンニクを塗り、好きな具材を載せていただく。要はカナッペだが、カナッペはフランス料理で、ニンニクを使わないそうだ。

バゲットを薄切りにして、ニンニクは塗る代わりに、具材に使うことにした。

まず、牡蠣《かき》のオイル漬け。牡蠣を洗い、油をひかずにフライパンに並べて水分をとばす。白ワインを入れてひと煮立ちさせ、醬油《しょうゆ》を加える。容器にオリーブオイル、ニンニク、鷹の爪、ローリエを入れて、冷ました牡蠣を漬ける。滅菌した瓶でしっかり蓋《ふた》をすれば二週間もつけれど、僕は昨日仕込んでおいた。牡蠣をパンに載せて、トマトを添える。

もうひとつは、生ハムとクリームチーズ。クリームチーズにおろしニンニクとレモン汁を加えてパンにたっぷり塗って、生ハムをトッピングして黒コショウをふる。

スペアリブも、前日から仕込んでおいた。塩コショウとオールスパイスをすりこんで、冷蔵庫に一時間ほど置く。香辛料が馴染んでから、味醂《みりん》と醬油同量に、おろしニンニクを加えた調味液につけて、丸一日、冷蔵庫で味をしみ込ませる。これで当日は小麦粉をまぶして、中温で揚げるだけだ。

アクアパッツァは、魚とアサリさえそろえば、そう難しい料理じゃない。魚は白身が定番だけど、鮭や青魚でもイケるそうだ。今日は奮発して鯛にした。

鯛の切り身に塩をひとふり。少しおくと臭みが消える。ニンニクで香りづけしたオリーブオイルで両面に焼き色をつけ、アサリ、ミニトマト、白ワインと水を加えて蓋をする。弱めの中火で七、八分煮込んで、仕上げに塩コショウで味を調える。

「このカナッペは、いいじゃないか。牡蠣もいいが、ニンニクの利《き》いたチーズもなかなかだよ」

「カナッペじゃなくて、一応ブルスケッタ。ちょっと、おじさんの分は残しておいてよ」

「スペアリブは、お酒にもってこいね。ビールでもワインでもいける」

「アクアパッツァ美味しい！　アサリの出汁《だし》が利いてるね」

料理があらかた片付いた頃、ようやくおじさんが帰ってきた。

「あれ？　有紀さんと楓も来てたの？　もっと早く帰れたらよかったね。途中で警官に呼び止められちゃってさ」

「おじさん、また職質されたの？」

「そうなんだ。今年はこれで三度目……いや、四度目かな？」

帰り道で職質を受けるのは、もはや定番となりつつあって、誰も驚かない。

おじさんが着替えと手洗いを済ませるあいだに、急いでテーブルを片付けた。席に着くと同時に、楓が冷蔵庫からケーキを出す。

「お父さん、お誕生日おめでとう！　あんまりうまくできなかったけど、あたしからのプレゼント」

「え？　誕生日って、僕の？　今日だっけ？」

おじさんがポカンとして、サプライズとしては大成功だ。

ただ、ケーキの出来は、正直微妙だ。冷ましているうちに空気が抜けて、片側が傾いてしまった。

「どうしよう、さっきより傾きが増してない？」

「大丈夫、飾りはきれいだし、食べちゃえば一緒だよ」

直径十五センチのケーキを四等分して、お蔦さんには味見用に、僕の分から少し切り分けた。おじさんは、傾いたケーキをしげしげとながめる。

「恥ずかしいからじっくり見ないで。ごめんね、全然うまくできなくて」

楓は情けなさそうに肩をすぼめたが、画家のおじさんはさすが芸術家だ。思いがけないことを口にした。

「いいね、このフォルム。傾きが絶妙で、見ていてホッとする」

その感性がまったくわからなくて、四人で顔を見合わせる。

「これは、幸せの形だね。不完全で傾いているからこそ愛おしい。幸せって、そういうものだろ？」

おじさんの顔は嘘をついていない。嬉しそうににこにこして、心から幸せそうだ。

ものすごくわかりづらいけれど、きっと楓には伝わった。

料理ができなくたって、ケーキが傾いたって、こうして家族が笑顔で囲めば、それは幸せのひとつの形だ。

それまで心配そうに曇《くも》っていた楓の表情が、霧が晴れたみたいに明るくなった。

「ありがとう、お父さん」

「嫌だな、お礼を言うのは僕の方だよ。さっそくいただくね」

おじさんに倣って、僕らもケーキを相伴する。スポンジはしっとり感が足りないけど、案外ふんわりしていて、見掛けほど悪くない。むしろ粗を隠そうと、多めにクリームを塗ったから、少し甘すぎたかもしれない。

祖母は小さな欠片《かけら》を口に入れ、かすかに眉間《みけん》をしかめたが、何も言わなかった。

本書は二〇二二年、小社より刊行された作品の文庫化です。

著者紹介　1964年北海道生まれ。2005年『金春屋ゴメス』で第17回日本ファンタジーノベル大賞を受賞してデビュー。12年『涅槃の雪』で第18回中山義秀文学賞、15年『まるまるの毬』で第36回吉川英治文学新人賞、21年『心淋し川』で第164回直木三十五賞を受賞。

よろずを引くもの
お蔦さんの神楽坂日記

2024年12月20日　初版

著者　西《さい》條《じょう》奈《な》加《か》

発行所　(株)東京創元社
代表者　渋谷健太郎

162-0814 東京都新宿区新小川町1-5
電話　03・3268・8231-営業部
03・3268・8201-代　表
URL　https://www.tsogen.co.jp
組版　フォレスト
暁印刷・本間製本

ISBN978-4-488-43014-6　C0193